Anika Schäller

BRINGE INS LICHT

Anika Schäller

BRINGE INS LICHT

Bibliografische Information der Deutschen Nationalbibliothek:
Die Deutsche Nationalbibliothek verzeichnet diese Publikation in der
Deutschen Nationalbibliografie; detaillierte bibliografische Daten
sind im Internet über http://dnb.dnb.de abrufbar.

© Anika Schäller (www.bringeinslicht.at)

2. Auflage April 2023

Korrektorat: Hannelore Göthans
weitere Mitwirkende: Grafikguide (Christina Buchegger-Reinwald)

Herstellung und Verlag: BoD – Books on Demand, Norderstedt

ISBN: 978-3-755-7583-41

Für Julian, Petra und Michael!

Mögen unsere Seelen einander

noch viele weitere Male begegnen.

Inhalt

Wahre Helden

Liebe ist das einzige, das für uns spürbar ist und die Dimensionen von Zeit und Raum überwindet. Sie ist das, was letzten Endes übrig bleibt und uns zu dem macht, was wir sind. Lichtwesen, Seelen, entsprungen aus reinster Liebe.

Anika Schäller

Dies ist die wahre Geschichte dreier Menschen, die nicht unterschiedlicher hätten sein können. Ein herzensguter Junge, eine taffe Geschäftsfrau und ein liebevoller Familienvater, allesamt unterschiedlicher Herkunft, Alters und reich an den verschiedensten Erfahrungen. Was sie eint, ist das Schicksal sowie der Umstand einen geliebten Menschen verloren zu haben. Julian musste mit eigenen Augen dabei zusehen, wie seine Schwester starb. Petra begleitete voller Hingabe ihren an Krebs erkrankten Mann in den letzten Stunden seines Lebens und Michael verlor aus heiterem Himmel einen seiner Söhne. Der Verlust ließ sie erstarren und machte für einen jeden von ihnen ein glückliches Weiterleben unmöglich. Viel zu schwer waren Trauer und Schmerz und weder die Zeit noch hunderte von Therapiestunden vermochten etwas daran zu ändern. Bis sich eines Tages auf wundersame Art und Weise unsere Wege kreuzten. Die geistige Welt bleibt niemals untätig und so kam es, dass wir einander exakt zum richtigen Zeitpunkt begegneten, um uns gegenseitig zu unterstützen, zu stärken und für eine ganze Weile lang denselben Weg miteinander zu teilen. Während dieser Zeit schloss ich jeden Einzelnen von ihnen in mein Herz und lernte nicht nur sie, sondern auch mich selbst besser kennen. Wenn du mich fragst, hatten sie in ihrem Leben bereits mehr Leid erfahren müssen, als ein einzelner Mensch jemals bewältigen kann und doch war da dieser Funken. Dieser unerschütterliche Überlebenswille, der sie mit aller Kraft um ihr Leben kämpfen ließ. Alle drei weigerten sich mit rigoroser Vehemenz sich von ihren Liebsten zu verabschieden, obwohl das nach einer Weile, von mehreren Seiten, von ihnen erwartet wurde. Wer entscheidet darüber wie viel Zeit das eigene Herz benötigt, um zu heilen und wem - abgesehen von einem selbst - steht es zu, sich ein Urteil darüber zu bilden? Für Außenstehende ist es oftmals weitaus einfacher, darüber zu entscheiden was richtig und was falsch ist und doch, hätte man danach gefragt, hätte niemand aus freien Stücken mit ihnen tauschen wollen. An diesem Punkt trat ich in ihr Leben und verwies auf einen Weg, auf dem es nicht notwendig war, Abschied zu nehmen, sondern sich sogar für einen kurzen Augenblick die Tore zum Himmel öffneten, um sich am eigenen Leib davon zu überzeugen, dass der Tod nicht das Ende ist.

Zweifellos bewiesen alle drei Mut, als sie sich dazu entschieden, denn niemand von uns konnte mit Sicherheit sagen, ob wir Erfolg haben würden oder nicht. Julian, Petra und Michael sind die wahren Helden dieser Geschichte, denn ohne sie würde es nichts zu erzählen geben. Ihr Mut, ihre Ausdauer sowie ihr unendliches Vertrauen in mich und die geistige Welt haben das Unmögliche möglich gemacht und das Tor zur Anderswelt geöffnet. Jenem Ort, den es gilt nach dem Tod aufzusuchen. Was sie dort erfahren haben, werden sie ihr ganzes

Leben lang nicht vergessen und ich blicke dankbar auf unsere gemeinsame Zeit zurück, wohl wissend, dass alles haargenau so passierte, wie es für uns vorherbestimmt gewesen ist. Diesen drei Menschen habe ich es zu verdanken, dass ich meinen Weg fortsetzen und meine Bestimmung leben darf. Nur den Mutigen gehört die Welt, denjenigen, die dazu bereit sind, sich ohne Wenn und Aber, über die eigenen Grenzen hinaus zu wagen. Sie sind die wahren Lichtbringer hier auf Erden und werden etwas hinterlassen, das mit nichts aufzuwiegen ist. Ein herzensguter Junge, eine taffe Geschäftsfrau und ein liebevoller Familienvater.

Sechster Sinn

Bestimmt hast du schon einmal von den griechischen Meeresschildkröten, den sogenannten „tartarugas" gehört. Nicht nur, dass sie über hundert Jahre alt werden können, darüber hinaus erweisen sie sich als äußerst elegante und ausdauernde Schwimmer. Doch was an diesen Tieren noch weitaus faszinierender ist, ist die Tatsache, dass sie über einen hervorragenden Orientierungssinn verfügen, der es ihnen ermöglicht, problemlos von A nach B zu gelangen. Erstmals, nach 20 bis 30 Jahren, kehren die weiblichen Schildkröten wieder an ihre Geburtsstätte zurück und überqueren dabei nicht selten ganze Ozeane, um „ihren" Strand zu finden. Wie um alles in der Welt sie das schaffen, bleibt bis heute ein ungelöstes Rätsel und selbst die Wissenschaft findet für diesen unsichtbaren sechsten Sinn, über den diese majestätischen Tiere verfügen, keine plausible Erklärung.

Möglicherweise ist es an der Zeit sich einzugestehen, dass zwischen Himmel und Erde weitaus mehr existiert, als sich durch Verstand und Logik erklären lässt. Dabei spreche ich nicht ausschließlich von dem außergewöhnlich präzisen Orientierungssinn der Tartarugas, nein, die Rede ist vielmehr von weltweit gesichteten, unerklärlichen Phänomenen wie Telepathie, Spontanheilungen, Nachtodkontakten, Menschen, die für kurze Zeit so etwas wie Superkräfte entwickeln und vielem mehr. Vielleicht ist es dir selbst schon einmal passiert und du hattest ganz plötzlich das Gefühl, dass bei einem deiner Liebsten etwas nicht stimmt. Im selben Augenblick klingelte auch schon das Telefon und niemand von euch beiden hatte eine Erklärung dafür. Mütter, die intuitiv wissen, was ihr Baby braucht oder aber Zwillinge, die ein Leben lang durch ein unsichtbares Band miteinander verbunden sind, ganz gleich, wie viele Kilometer zwischen ihnen liegen. Wenn wir ehrlich sind, existiert weitaus mehr auf dieser Welt, das sich auf herkömmliche Weise nicht erklären lässt und doch nehmen derartige Berichte kein Ende. Es erweckt den Anschein, als würde es, zusätzlich zu unseren fünf Sinnen, einen weiteren Sechsten geben und obwohl wir bislang keine Erklärung für derartige übersinnliche Phänomene parat haben, so wird die Zeit gewiss weitere Antworten mit sich bringen. Bis dahin dürfen wir weiterhin staunen, sei es über diese faszinierende Meeresschildkröte, die voller Zuversicht ihre große Reise ins Nirgendwo antritt, oder aber über Menschen, die am eigenen Leib eine Nahtoderfahrung erleben. Für keines von beidem gibt es eine rationale Erklärung und doch geschehen diese Wunder tagtäglich und halten zunehmend Einzug in unser Leben. Wer weiß schon, wohin wir Menschen uns im Laufe der Zeit entwickeln werden und was das Schicksal sonst noch für uns bereit hält. Ich wage zu behaupten, dass wir lediglich die Spitze des Eisbergs betrachten und wir eines Tages auf den Grund des Bodens blicken werden, um zu erfahren was oder wer wir tatsächlich sind.

Unbekannte Variable

"Wozu Astralreisen?", werde ich häufig gefragt und meine Antwort darauf ist stets dieselbe: "Warum nicht?" Zugegebenermaßen, vor etlichen Jahren hatte ich mit diesem Thema selbst nicht viel am Hut und um ehrlich zu sein, hatte ich keine Ahnung davon, was abseits meines strukturierten, gewöhnlichen Alltags noch so alles möglich ist. Ebenso wie viele andere Menschen auch, glaubte ich felsenfest daran was die Wissenschaften uns an Erkenntnissen lieferten und hegte nicht den leisesten Zweifel daran. Rückblickend ist offensichtlich, dass mein Geist dadurch gewissen Einschränkungen unterlag und keine einzige Sekunde lang die Meinung derer, deren Aufgabe es ist, sich den Kopf über den Sinn und Zweck unseres menschlichen Daseins zu zerbrechen, in Frage stellte. Im Grunde genommen war es weitaus einfacher, mich der Sichtweise der breiten Masse, des Kollektivs, anzuschließen und vernünftig klingenden Theorien zuzustimmen, dabei hatte ich offen gestanden nicht die leiseste Ahnung davon, worum es überhaupt ging. Mein Verstand mahnte mich zur Vorsicht und rief mich immer wieder auf den sicheren und vertrauten Weg der Vernunft zurück, während mein Herz, oder besser gesagt, meine Intuition, regen Widerspruch einlegte. Mathematische Formeln und Gleichungen sind zwar recht nett anzusehen und sie liefern uns ein gewisses Maß an Sicherheit. Aber sie geben uns keine eindeutige Antwort darauf, weshalb wir existieren und, was nicht minder relevant ist, was nach dem Tod passiert. Selbstverständlich steht es jedem Menschen frei, vermeintlichen Halt in einem der vielen Glaubenskonzepte zu finden, allein schon deshalb, um die eigene, sämtlichen Ängsten zugrunde liegende, Todesangst in Zaum zu halten. Was aber, wenn sich die Wahrheit doch ganz anders darstellt? Wenn sich die Wissenschaft und die Religion letztendlich geirrt haben? Woher weiß der Priester um den Gehalt seiner Predigt? Hat er den Himmel schon einmal gesehen oder sich am eigenen Leib von der Existenz einer Hölle überzeugen können? Oder folgt er vielmehr heilig gesprochenen Abschriften, um sich selbst elegant aus der Affäre zu ziehen? Je älter ich wurde, umso größer wurde mein Frust und die Skepsis gegenüber derartigen von Menschen erschaffenen Konstrukten. Vor nicht ganz drei Jahren passierte dann etwas, das nicht nur mein gesamtes Leben änderte, sondern auch meine Glaubenssätze mit einem Mal über den Haufen warf. Niemals hätte ich damit gerechnet, mein Kind zu verlieren, denn weder war das für mich im Bereich des Möglichen, noch des Erträglichen gewesen. Man könnte auch meinen, ich hatte einfach Pech und aus irgendeinem Grund hatte das Schicksal, sofern es so etwas gibt, mich auserwählt. Womit lässt sich der Tod eines unschuldigen Kindes rechtfertigen? Die Wissenschaft hatte dafür keine Antwort und auch die verschiedenen Religionen lieferten mir keine zufriedenstellende Erklärung. Zwar lassen sich mithilfe der Mathematik hervorragend Wahrscheinlichkeiten berechnen, doch meine Tochter war weitaus mehr als eine simple Zahl und falls dem doch so sein sollte, beinhaltete die vorliegende Gleichung eine unbekannte Variable, deren Lösung ich nicht kannte. Einen menschlichen Verlust auf ein simples Rechenbeispiel zu reduzieren, erscheint mir nicht nur ziemlich unmenschlich, sondern auch fern von jeglicher Empathie zu sein. Bevor meine Tochter starb, hatte ich keine Ahnung, dass ich sie zum letzten Mal sehen würde. Wie um alles in der Welt hätte ich DAS wissen sollen? Wir werden im Laufe des Lebens, unserer Erziehung, auf so manches vorbereitet, doch der Tod trifft uns ein jedes Mal vollkommen unvorbereitet, ganz gleich wie viel Zeit uns noch bleibt.

Bereits kurze Zeit später ereilte mich die bittere Realität. Etwas in mir zerbrach und ich hatte das Gefühl, ebenso wie meine Tochter, mitten aus dem Leben gerissen worden zu sein. Ich erstarrte und war vollkommen handlungsunfähig. Dennoch nahmen die herkömmlichen kleinen sowie großen Dramen des Alltags weiterhin ihren Lauf, ganz gleich, wie sehr mir meine Tochter auch fehlte. Sie hatte mich verlassen und dabei viele Fragezeichen hinterlassen, die mir weder die Wissenschaft noch irgendeine Religion beantworten konnte. Was also konnte ich dagegen ausrichten? Nach gründlicher Überlegung standen mir zwei Optionen zur Verfügung. Entweder würde ich an dem Verlust zerbrechen oder ich würde es irgendwie schaffen weiterzuleben. Obwohl mir Letzteres zutiefst widerstrebte, hatte ich dem Rest meiner Familie gegenüber eine gewisse Verantwortung zu tragen und trotzdem wünschte ich mir zum ersten Mal, mein Leben würde ein jähes Ende nehmen. Gerade als ich mich mit dem Gedanken anfreundete nie wieder glücklich zu sein, geschah etwas Unglaubliches. Etwas, womit ich keineswegs gerechnet hatte. Meine verstorbene Tochter schickte mir ein Lebenszeichen, wenige Wochen nachdem sie in meinen Armen gestorben war. Davon überzeugt, dass ich nun auch noch den letzten Funken Verstand verlieren würde, hielt ich das Ganze zunächst einmal für einen schlechten Scherz. Doch mit jedem weiteren Zeichen, das sie mir zukommen ließ, erkannte ich, dass Luna mich nie verlassen hatte. Sie war keine einzige Sekunde lang hinfort gewesen. Obwohl mein Verstand sich vehement dagegen wehrte, wollte ich mehr darüber erfahren. Ist es möglich, dass das, was wir als Seele, als unser Bewusstsein bezeichnen, tatsächlich unsterblich ist, ja möglicherweise sogar den Tod selbst überdauert? Falls dem so sein sollte, wohin begibt es sich und wie um alles in der Welt war es möglich, damit Kontakt aufzunehmen?

Das Thema packte mich mit Haut und Haaren und abermals regte sich in mir die leise Hoffnung, dass das Leben womöglich doch aus mehr bestehen könnte, als simplen Zahlenkonstrukten und Wahrscheinlichkeiten. Möglicherweise waren es aber auch eine gewaltige Prise Hoffnung und die tiefe Sehnsucht nach meiner Tochter, die mich dazu veranlassten, nachzuforschen und meine gewohnten Denkmuster zu hinterfragen. Was ich schließlich dabei entdeckte, befand sich weit außerhalb dessen, was ich jemals für möglich gehalten hatte. Doch dem nicht genug, musste ich sämtliche Glaubenskonzepte, die ich mir im Laufe der Jahre, bewusst sowie unbewusst, angeeignet hatte, mit einem Mal überdenken sowie neu beurteilen. Nach und nach entledigte ich mich davon und begab mich nackt und schutzlos auf die Suche nach weiteren Antworten. Mit nichts anderem als einer gehörigen Portion Mut und Neugierde im Gepäck beschritt ich so den Pfad der Erkenntnis, und wusste, dass ich, einmal damit begonnen, nicht wieder umkehren konnte. Innerhalb kürzester Zeit lernte ich meine Hellsinne zu aktivieren und gezielt einzusetzen, bis ich eines Tages abermals diese tiefe Sehnsucht spürte, die mich dazu antrieb, weiter zu forschen. Dabei konnte ich nicht einmal genau zu sagen, wonach mein Herz verlangte, es war vielmehr ein bestimmtes Gefühl, das mir sagte, es gäbe noch weitaus mehr zu entdecken. Jenseitskontake bzw. Nachtodkontakte spenden zahlreichen trauernden Menschen Trost und Heilung. Subtile Zeichen, die den Hinterbliebenen signalisieren, dass sie nicht alleine sind. Das Wissen, dass wir nach unserem Tod weiterhin in irgendeiner Form existieren, kann das Gefühl von Trauer entscheidend verändern und doch genügte es mir nicht. Zu groß blieb der Spielraum für Spekulationen und nicht minder groß war meine Neugierde. Wie sieht der Himmel aus? Womit vertreiben sich die Verstorbenen ihre Zeit im Jenseits und warum um Himmels willen inkarnieren wir immer wieder aufs Neue hier auf Erden? Wer oder was steckt hinter alledem oder folgt unser Leben möglicherweise sogar einem höheren Plan? Wozu Astralreisen? Weil die eigene Erfahrung das Einzige ist, das zählt und den Schlüssel zur ultimativen Wahrheit darstellt. Über den Sinn des Leben und den Tod. Stell dir doch einmal vor wie es wäre, bereits zu Lebzeiten das zu erfahren, was wir gemeinhin als Himmel bezeichnen? Dabei spreche ich nicht von geführten Meditationen oder Phantasiereisen, die der eigenen körperlichen sowie geistigen Entspannung dienen, sondern von waschechten, gezielt sowie bewusst, eingeleiteten Jenseitserkundungen. Angetrieben von dem Wunsch, mehr erfahren zu wollen, konnte ich, einmal begonnen, nicht wieder damit aufhören. Diesen Punkt hatte ich längst überschritten und, nebenbei bemerkt, bereits viel zu viel gesehen. Wovon ich spreche? Dem Jenseits, der geistigen Welt, dem Himmel oder wie auch immer du diesen Ort bezeichnen magst. Nicht nur, dass ich dabei meiner Tochter unzählige Male begegnet bin und mich davon überzeugen konnte, dass es ihr gut geht. Ich begab mich in eine Sphäre, die alles andere als irdisch war und gleichzeitig alles Physische in Frage stellte. Selbst eingeleitete außerkörperliche Erfahrungen, Astralreisen, befreien dich nicht nur von eingerosteten Glaubenskonzepten und bemächtigen dich dazu, Antworten auf essentielle Fragen deiner Existenz zu finden, du erhältst darüber hinaus die Möglichkeit, auf die Quelle allen Seins zu stoßen. Doch als wäre das nicht schon genug, wird dir dabei auch schlagartig bewusst, dass niemand geringerer als du selbst für dein Leben und deine Gedanken verantwortlich ist. Du allein bist Regisseur deines eigenen selbstkreierten Dramas. Kein Platz bleibt mehr für faule Ausreden, Vorwürfe und Schuldzuweisungen. Du selbst erschaffst dir den Himmel oder die Hölle auf Erden. Wer erst einmal in den Genuss einer außerkörperlichen Erfahrung gekommen ist und sich selbst davon überzeugen konnte, mehr zu sein als sein physischer Körper, wird in der Lage sein, das eigene Leben von einer höheren Perspektive aus zu betrachten. Die übrigen Menschen und du, ja im Prinzip, alles was dich umgibt, seid miteinander auf unsichtbare Art und Weise miteinander verbunden. Nichts existiert ohne dich und du bist nichts ohne alledem. Der ewige Kreislauf schließt sich und du wirst dir über die Verantwortung jeder deiner Taten, der Guten sowie der Schlechten, schlagartig bewusst. Astralreisen öffnen eine Tür, die für jedermann offen steht, der dazu bereit ist, durch sie hindurchzugehen. Der Preis dafür ist hoch, denn kehrst du zurück, ist nichts mehr, wie es war. Wie könnte es auch anders sein, erfährst du doch am eigenen Leib den Tod selbst, um kurze Zeit später festzustellen, dass dieser doch niemals existiert hat.

Spiel des Lebens

Sie sieht aus wie ein Engel. Makellos, rein und rundum vollkommen. Dankbar mustere ich das kleine Etwas vor mir, ehe ich es behutsam an mich drücke, einen tiefen Atemzug nehme und versuche, diesen einzigartigen Duft eines Neugeborenen einen Augenblick lang festzuhalten. Fünf Zehen strecken sich mir unter der hellblauen Wolldecke entgegen. Fünf klitzekleine perfekt geformte Zehen. „Es ist doch jedes Mal ein Wunder! Ganz gleich wie viele Kinder man schon hat", geht es mir durch den Kopf, bevor ich sie behutsam unter die Decke packe. Vorsichtig lege ich das Bündel zur Seite, ehe ich mich nochmals vergewissere, dass dieses zerbrechliche Lebewesen weiterhin tief und fest schläft. Vor knapp einem Monat kam Liana zur Welt und ich wurde erneut Mutter einer wunderschönen Tochter. Die Ähnlichkeit mit ihrer großen Schwester ist kaum zu übersehen und doch bleiben mir nur eine Handvoll Fotos, um mich auf die Suche nach weiteren Gemeinsamkeiten zu machen. „Schon zwei Jahre", stelle ich nüchtern fest und versuche gleichzeitig mit aller Kraft die Erinnerung an den Tod meiner Tochter möglichst weit von mir weg zu schieben.

Zwei Jahre sind seit damals vergangen. Dabei war ich mir sicher, keinen einzigen Tag ohne sie sein zu können. Mittlerweile liegen weit mehr als 730 Tage zwischen mir und jener furchtbaren Nacht, die alles verändern sollte und ich kam nicht drumherum, darüber zu staunen, wie es der menschliche Überlebenstrieb möglich macht, selbst unter den widrigsten Bedingungen einen Tag nach dem anderen zu überstehen. Ganz gleich, wie grausam sich die Realität uns dabei auch präsentiert, leben wir weiter, sogar wenn wir wissen, dass das eigene Kind tot ist und man selbst lebt.

Luna durfte im Alter von zwei Jahren und neun Monaten als Erste unserer Familie in die geistige Welt zurückkehren. Der Rest davon, so hat sie mir mitgeteilt, hat hier auf Erden noch allerhand zu erledigen und ich bin jeden Tag aufs Neue darum bemüht, sie auf mich stolz sein zu lassen. Unsere Verbindung ist keineswegs zu Ende, ganz im Gegenteil, sie ist stärker denn jemals zuvor. Nachdem dieser grausame Schicksalsschlag meine Familie ereilt hat, gestand ich es weder dem Tod noch irgendeinem göttlichen Wesen, sofern ein solches überhaupt existiert, zu, mich einfach so meiner Tochter zu berauben. Nichts davon, was geschehen war, hatte ich verhindern können und mein heiles Weltbild, an welches ich mich jahrzehntelang geklammert hatte, geriet mit einem Mal ordentlich ins Wanken. Ich verlor den Halt unter den Füßen und meinen Glauben in das Gute in der Welt. Seitdem ich denken kann ging ich mit einer gewaltigen Prise Lebensfreude sowie Optimismus durchs Leben und bewältigte mit dieser Haltung die eine oder andere Herausforderung. Ganz bestimmt sogar hielten mich nicht wenige Menschen deshalb für naiv, doch ich ließ mir meine Lebensfreude von keinem von ihnen nehmen. Bis zu jener Nacht, in der sie, zusammen mit meiner Tochter, im letzten Keim erstickt wurde.

Hilflos musste ich dabei zusehen, wie alles um mich herum in die Brüche ging. Was jedoch weitaus erschreckender war, war die Tatsache, dass ich rein gar nichts dabei spürte, denn in mir war kein Platz mehr für etwas anderes als meine Trauer über den Verlust meiner Tochter. Erst als ich drauf und dran war auch noch den Rest meiner Familie zu verlieren, meldete sich plötzlich mein Überlebenswille. Schritt für Schritt kämpfte ich mich ins Leben zurück und stieß dabei nicht nur auf tiefgreifende Erkenntnisse, sondern auch auf unzählige wunderbare Menschen. Die Wahrheit, meine Wahrheit, die ich dabei entdeckt habe, veränderte nicht nur mich, sie veränderte einfach alles. Meine Tochter war nicht tot, offen gestanden war sie sogar äußerst lebendig. Gleich diesem Bündel vor mir und doch war es ein klein wenig anders. Ich möchte vollkommen ehrlich zu dir sein, denn du hast die Wahrheit verdient. Nicht selten bringt aufrichtig zu sein jede Menge Schmerz und Leid mit sich, doch in diesem Fall, so verspreche ich dir, wirst du Heilung, Zuversicht sowie Trost erlangen. Der Tod ist pure Illusion. Ein Trugbild, ein simples Konstrukt, erschaffen, um zu täuschen und zu tarnen, was sich an Wahrheit dahinter verbirgt. Die Welt, wie du sie glaubst zu kennen, ist nichts anderes als ein ausgeklügeltes Trainingszentrum für Seelen. Ein bis ins kleinste Detail perfekt ausgetüfteltes Spiel, das uns Feld für Feld ans Ziel rücken lässt. Die Spielregeln sind dabei recht simpel. Sobald du mit deiner Figur das Spielfeld betrittst, wird unverzüglich deine gesamte Erinnerung ausgelöscht. Weder weißt du, woher du gekommen bist, noch weißt du über den Sinn und Zweck des Spieles Bescheid. Du erhältst eine gänzlich neue Identität und betrittst als unschuldiges Neugeborenes die Bühne des Lebens. Immer und immer wieder. Leben für Leben. Abertausende Male.

Ohne auch nur einmal daran zu zweifeln. Angetrieben durch die intrinsische Motivation voranzukommen um letztendlich das Ziel zu erreichen. Den ultimativen Himmel zu beschreiten, unser einzig wahres Zuhause. Die geistige Welt.

Aber aufgepasst, Vorsicht ist geboten! Das Spiel ist trügerisch und hält vielerlei Hürden und Tücken für seine Spieler bereit. Unbestreitbar ist das irdische Leben alles andere als einfach und dennoch bringt es unzählige wunderschöne Erfahrungen mit sich. Gleichsam wie auf Licht, so wirst du auf Finsternis stoßen, denn das Gesetz der Dualität zieht sich durch sämtliche Ebenen des irdischen Seins. Wie ein riesengroßes Pendel schlägt es zuerst zur einen und danach zur anderen Seite aus und hält dabei für seine mutigen Spieler eine ganze Palette an Emotionen parat. Liebe, Hass, Trauer, Wut, Eifersucht, Neid, Sehnsucht, Begierde - um nur ein paar wenige zu nennen. Es gilt die gesamte Bandbreite an Gefühlen zu erfahren oder besser gesagt zu erleben. Am Ende hält der Tod seinen Einzug. Doch nur für diese eine Runde, denn kurze Zeit später wagen wir uns abermals mutig über die Startlinie, stets angetrieben von dem Wunsch weiteres spirituelles Wachstum zu erfahren. Man könnte meinen, wir seien Tölpel, denn tatsächlich ist die geistige Welt wunderschön und niemand zwingt uns dazu, zu inkarnieren und doch entscheiden wir uns stets aus freien Stücken immer wieder aufs Neue für das Abenteuer „Menschsein". „Warum um alles in der Welt setzen wir uns freiwillig diesem Leid aus?", fragst du dich vielleicht an der Stelle. Nun, die Antwort darauf ist einfach. Weil das Leben als Mensch den schnellstmöglichen Weg nach oben darstellt. Wo, wenn nicht hier auf Erden, können wir lernen, Erfahrungen sammeln und unser Bewusstsein erweitern? Ja, dieses Spiel ist durchaus trügerisch und doch ist es wunderschön. Es ist sogar so schön, dass wir uns, zusammen mit unseren Liebsten, abertausende Male darauf einlassen. Das Beste jedoch ist, dass es dabei keine Verlierer gibt. Niemals. Vielmehr ist Teamarbeit angesagt und so nimmt ein jeder unserer Gedanken, eine jede Handlung direkten Einfluss auf unser Umfeld. Diejenigen unter uns, die bereits ans Ziel gelangt sind, sind keineswegs verschwunden oder tot, wie allgemein behauptet wird. In Wirklichkeit verfolgen sie mit großem Interesse unsere Züge vom Spielfeldrand aus. Siehst du sie nicht jubeln angesichts deiner Fortschritte? Fühlst du nicht ihre Anwesenheit, sobald du dich alleine fühlst? Hörst du nicht ihr Flüstern, wenn du Abends erschöpft in den Schlaf sinkst? Falls doch, dann gehörst du zu den wenigen Glücklichen, die sich insgeheim ihrer wahren Herkunft bewusst sind. Diejenigen, die nicht zur Gänze vergessen haben, wer oder was sie tatsächlich sind. Lass die Erinnerung daran niemals los, denn sie ist der Schlüssel zu deinem wahrhaftigen Selbst und dem ewigen Kreislauf zwischen Leben und Tod.

Die geistige Welt macht keine Fehler

„Pssst! Schnell, wach auf!", flüstere ich und drücke fordernd den Zeigefinger gegen den schlaffen Unterarm meines Mannes. Immer wieder, so lange bis dieser murrend die Augen öffnet. „Was ist los?", murmelt dieser und scheint sichtlich verärgert zu sein. „Es ist mitten in der Nacht." „Was los ist?", frage ich und zeige schnurstracks auf meinen Bauch. „Das Baby kommt. Jetzt!" Augenblicklich ist mein Mann putzmunter und die Nachtruhe nimmt auch für ihn ein jähes Ende. Es ist Mittwoch und kurz nach halb vier Uhr morgens. Seit einer knappen Stunde wälze ich mich im Bett hin und her und überlege, ob ich meinen Mann aufwecken soll oder nicht. Während alle anderen im Haus tief und fest schlafen, haben zwischenzeitlich die ersten Wehen eingesetzt und mich mitten aus einem Traum gerissen.

Ich befinde mich in einem leeren Zimmer, als mit einem Mal um mich herum dutzende Pakete auftauchen. Neugierig frage ich mich, was sich wohl darin befinden mag, als sie sich plötzlich wie von Geisterhand öffnen und unzählige rosafarbene Babyklamotten daraus emporschweben. Gleichzeitig vernehme ich klar und deutlich eine Stimme, die mich eindringlich mahnt: „Dir bleibt nicht mehr viel Zeit!"

Kurze Zeit später wurde ich wach, begleitet von einem deutlichen Ziehen im Unterbauch. Zwar war der Wehenschmerz noch einigermaßen erträglich und doch zu stark um wieder einschlafen zu können. Hastig wählte ich die Nummer meiner Eltern, während mein Mann sich um die restlichen Kinder kümmerte. Glücklicherweise hatte meine Mutter bereits seit Wochen das Handy auf dem Nachtkästchen liegen, um rund um die Uhr einsatzbereit zu sein. Mittlerweile war es weit nach vier Uhr und die Wehen folgten einander im Minutentakt. Die Tasche fürs Krankenhaus stand bereits fertig gepackt neben der Eingangstür und während Julian auf die Ankunft seiner Großeltern wartete, machten mein Mann und ich uns, zusammen mit Phillip im Schlepptau, auf ins nahegelegene Krankenhaus. Uns blieb nichts anderes übrig, als ihn mitzunehmen, denn im Gegensatz zu seinen älteren Geschwistern war er noch viel zu klein, um alleine zu Hause zu bleiben. Während Jan bereits seit Sonntag bei seiner Mama war und von alledem nichts mitbekam, sollte Julian in jener Nacht kein Auge mehr zu machen. Stattdessen wartete er nicht nur auf die baldige Ankunft seiner Großeltern, sondern auch auf die seiner kleinen Schwester. Nichtsdestotrotz ließ er es sich nicht nehmen ein paar Stunden später in die Schule zu gehen, um dort stolz die Geburt seines Geschwisterchens zu verkünden. Hundemüde nahm er am Unterricht teil und glücklicherweise zeigte seine Lehrerin vollstes Verständnis, als ich sie darum bat, die Hausübung für Julian an diesem Tag ausnahmsweise ausfallen zu lassen.

„Sie wollte doch erst am Sechzehnten kommen!", presste ich zeitgleich mit einer Wehe zwischen den Lippen hervor, während wir uns dem Krankenhaus näherten. „Soweit ich weiß halten sich Babys an keinen Terminplan", gab Max scherzhaft zu bedenken und erntete von mir dafür umgehend einen bösen Blick. Es war kurz vor fünf, als wir die Geburtenstation erreichten. Eine knappe Stunde später erblickte Liana das Licht der Welt. Nachdem die diensthabende Schwester das Neugeborene und mich in das nächstbeste Zimmer gebracht hatte, hatte ich endlich Gelegenheit dazu, um in Ruhe die Ereignisse der letzten Stunden Revue passieren zu lassen. Erschöpft und überglücklich, die Geburt einigermaßen unbeschadet überstanden zu haben, kehrten meine Gedanken immer wieder zu demselben Thema zurück.

„Liana wird am 16. April zur Welt kommen", hatte ich noch Wochen zuvor meinem Mann versichert und daran bis zum Schluss festgehalten. Immerhin hatte ich diese Information aus erster Hand, denn die geistige Welt hatte mir bereits vor Monaten, während einer meiner Meditationen, das exakte Datum von Lianas Ankunft mitgeteilt. Als es dann soweit war und besagter Termin in Reichweite rückte, wurde ich zunehmend nervöser und doch erwiesen sich meine Informationen letztendlich als absolut unzutreffend. Nun könnte man meinen, dass ich mit meiner Vorhersage weit daneben gelegen bin und doch fühlte ich, dass es einen guten Grund dafür geben musste, dass es anders gekommen war, als ursprünglich angenommen. Ich bin davon überzeugt, dass die geistige Welt niemals einen Fehler macht und so würde es gewiss auch dafür eine plausible Erklärung geben. Noch am selben Abend bat ich mein geistiges Team um Rat, denn ich wollte wissen, was die Ursache meines Irrtums war. Die Antwort kam prompt und war wie folgt.

„Du sollst wissen, dass deine Furcht angesichts der bevorstehenden Geburt deiner Tochter für uns deutlich spürbar war. Sie hat nicht nur jede einzelne Zelle deines Körpers ausgefüllt, sondern sich zusätzlich darin verhaftet und dir und deinem Körper massiv zugesetzt. Das alles hat die ursprüngliche Vorfreude auf die Geburt deines Kindes derart überschattet, dass du dich in Angst und Unsicherheit verloren hast. Dein Vertrauen in dich und deine natürlichen Fähigkeiten als Mutter sind Furcht und Unsicherheit gewichen. Du sollst wissen, dass sich deine Tochter genau zum richtigen Zeitpunkt auf den Weg zu dir gemacht hat. Wie könnte es auch anders sein? Denk doch einmal an die Stunden vor Lianas Geburt zurück. Wie überrascht du doch warst, angesichts der Leichtigkeit der Schmerzen. Gewiss hast du die Anwesenheit deiner geistigen Helfer gespürt, ebenso wie die schützende Hand deiner Tochter, die sich liebevoll über dich und dein Ungeborenes gelegt hat. Sie war es, die dich die ganze Zeit über begleitet und darauf geachtet hat, dass es euch beiden gut geht. Wäre Liana zum angekündigten Zeitpunkt zur Welt gekommen, so wären dein Körper und Geist voller Negativität gewesen und das Wunder der Geburt hätte auf diese schmerzfreie Art und Weise nicht stattfinden können. So vertraue bitte weiterhin darauf, dass die geistige Welt stets zu deinem Wohl entscheidet, selbst wenn du den Sinn dahinter nicht gleich erkennen kannst. Hab Vertrauen, denn auch wir vertrauen dir und zweifeln keine einzige Sekunde lang an deinen Fähigkeiten. Du bist einzigartig hier auf Erden und einzigartig ist auch deine Tochter. Werde dir dessen bewusst und du wirst reicher sein denn je."

Nicht zum ersten Mal hatte mich die geistige Welt dazu ermahnt, das Zweifeln sein zu lassen, denn bereits einmal war mein Vertrauen auf eine harte Probe gestellt worden. Ich war gerade im fünften Monat schwanger, als ich einen Termin mit Belgin Groha, einem bekannten Medium aus Deutschland, vereinbart hatte. Sie beschäftigt sich, mehr als alle anderen ihres Faches, intensiv mit Engelswesen und hat auch schon etliche Bücher zu diesem Thema verfasst, von denen ich jedes einzelne mit großem Interesse verschlungen habe. Nach etlichen Monaten Wartezeit war es dann endlich soweit und ich war mehr als gespannt auf die Botschaften, die ich im Laufe des Channelings erhalten würde. Meiner Erfahrung nach hat jedes Medium seine ganz eigene individuelle Herangehensweise, um in Kontakt mit der geistigen Welt zu treten und so war ich neugierig, welche Botschaften mir Belgin übermitteln würde. Abgesehen davon ist es hin und wieder recht angenehm, auf der anderen Seite des Tisches zu sitzen und nicht selbst der Überbringer zu sein. In unserem Fall fand die Sitzung via Telefon statt, was keineswegs bedeutete, dass die Kontaktaufnahme weniger gut klappte. „Deine Tochter ist nicht alleine gekommen", begann Belgin unverzüglich zu berichten. „Ein kleiner schwarz-brauner Hund begleitet sie." Zweifellos sprach Belgin von unserem Hund Winnie, der vor knapp einem halben Jahr im Alter von elf

Jahren in Folge eines bösartigen Tumorbefalls verstorben ist. Bereits zu Lebzeiten waren Luna und er ein Herz und eine Seele gewesen, woran sich offensichtlich auch nach ihrem Tod nichts geändert hatte. Obwohl ich mir fest vorgenommen hatte, nicht zu weinen, flossen bereits nach wenigen Sekunden die ersten Tränen. „Mama, wenn du wüsstest, wie schön es hier ist, dann wärst du nicht mehr so traurig", setzte Belgin fort. Spätestens jetzt konnte ich meine Tränen nicht mehr zurückhalten, denn Lunas Worte hatten einen wunden Punkt getroffen. In Wahrheit hatte ich niemals damit aufgehört, sie zu vermissen und machte mir nach wie vor Vorwürfe, etwas falsch gemacht zu haben. Das Gespräch mit Belgin verlief äußerst tränenreich und zu guter Letzt kamen wir auch auf meine Schwangerschaft zu sprechen. Mein Babybauch war bereits gut zu erkennen und doch hatte der Arzt das Geschlecht noch nicht eindeutig feststellen können. Trotz alledem war ich felsenfest davon überzeugt, ein Mädchen zu bekommen. Immerhin war ich während meiner außerkörperlichen Erfahrungen meiner zukünftigen Tochter bereits unzählige Male begegnet. „Luna ist sehr oft bei dir und streichelt über deinen Bauch", hörte ich Belgin sagen. „Sie hat auch schon einen Namen für das Baby." „Da bin ich aber jetzt einmal gespannt", gab ich zurück und wartete neugierig auf ihre Antwort. „Klausi", vernahm ich umgehend vom anderen Ende der Leitung, so klar und deutlich, dass ich mir sicher sein konnte, mich nicht verhört zu haben. Dennoch fragte ich noch einmal nach, um auf Nummer sicher zu gehen. „Also ich würde meinen, dass es mit hoher Wahrscheinlichkeit ein Junge wird", meinte Belgin voller Überzeugung und zog mir damit den Boden unter meinen Füßen weg. „Habe ich mich tatsächlich dermaßen getäuscht?", fragte ich mich betrübt und verabschiedete mich von Belgin, während meine Gedanken immer wieder weg drifteten. Nach unserem Telefonat weinte ich eine ganze Woche lang Rotz und Wasser. Mein plötzlicher Stimmungseinbruch war auch nicht spurlos an meinem Mann vorübergegangen, weshalb er sich darum bemühte, mich ein wenig aufzumuntern. „Ich hab dir von Anfang an gesagt, dass du dich nicht auf ein bestimmtes Geschlecht festlegen sollst", meinte er und brachte mich damit einmal mehr zum Weinen. Obwohl er es gewiss nicht böse gemeint hatte, hatte er nur noch mehr Salz in meine Wunde gestreut. Ich fühlte mich vor den Kopf gestoßen und haderte nicht nur mit mir selbst, sondern hinterfragte sämtliche Erfahrungen, die ich bislang gemacht hatte. Was, wenn Belgin Recht behalten sollte und es tatsächlich ein Junge wird? Dann würden sämtliche außerkörperlichen Erfahrungen, die ich erlebt hatte, mit einem Schlag an Wertigkeit und Aussagekraft verlieren. Bislang hatte ich stets darauf vertraut, dass meine Erlebnisse echten Ursprungs waren. Was aber, wenn ich mich geirrt hatte und sie lediglich das Produkt meiner Phantasie darstellten? Alles, was mir in den vergangenen zwei Jahre wichtig gewesen ist, würde an Bedeutung verlieren und ein wesentlicher Teil meines Lebens würde wegbrechen. Mein Mann hingegen konnte meine Ängste weder nachvollziehen, noch dafür das notwendige Maß an Verständnis aufbringen. Für ihn waren meine außerkörperlichen Erfahrungen nichts weiter als wunderschöne Geschichten, denen er zwar gerne lauschte, aber ihm bei Weitem nicht das geben konnten, wonach er sich sehnte, nämlich seine Tochter bei sich zu haben. Aus diesem Grund hatte er sich von vornherein sämtliche Optionen offen gehalten und seine Skepsis hatte ihn, ihm Gegensatz zu mir, vor einer herben Enttäuschung bewahrt.

„Wart doch mal ab, was der Arzt dazu zu sagen hat", versuchte er mich doch noch milde zu stimmen. Letzten Endes hatte er Recht und mir blieb nichts anderes übrig, als abzuwarten. Schließlich würde ich erst dann Gewissheit haben, wenn sich das Geschlecht meines Babys eindeutig bestimmen ließ. Glücklicherweise war der nächsten Kontrolltermin bereits in drei Wochen und ich fieberte ihm regelrecht entgegen. Deprimiert bemühte ich mich darum, die Zeit bis dahin einigermaßen zu überstehen und hoffte darauf, dass die ganze Angelegenheit doch noch einen guten Ausgang nehmen würde. Sollte Belgin jedoch Recht behalten und ich würde einen Jungen bekommen, würde mich das meilenweit nach hinten katapultieren und das bereitete mir unglaubliche Angst.

Außerkörperliche Erfahrungen waren für mich der einzige Weg aus der Trauer gewesen und hatten es mir ermöglicht, wieder ein einigermaßen glückliches Leben zu führen. Plötzlich drohte diese wichtige Säule wegzubrechen und ich hatte keine Alternative dafür parat. Die Zeit bis zur Untersuchung kam mir ewig lange vor und als es dann endlich soweit war und die Ärztin mit dem Ultraschallgerät über meinen Bauch fuhr, war ich so nervös wie schon lange nicht mehr. „Dann wollen wir mal nachsehen", meinte die Ärztin und begutachtete interessiert meinen Bauch, der in den vergangenen Wochen deutlich an Umfang zugenommen hatte. Akribisch versuchte ich auf dem Bildschirm irgendeinen Hinweis auf ein Geschlechtsteil ausfindig zu machen, als die Ärztin sich zu mir wandte und sagte: „Ich darf Ihnen gratulieren. Es wird ein Mädchen." Im selben Augenblick fiel eine riesengroße Last von meinen Schultern und zum ersten Mal seit Wochen strahlte ich übers ganze Gesicht. Offen gestanden hätte ich in dem Moment am liebsten die ganze Welt umarmt, so glücklich war ich. Überschwänglich bedankte ich mich bei der Ärztin und nachdem ich die Praxis verlassen hatte, nahm ich erst einmal einen kräftigen Atemzug um anschließend dem Rest der Familie die frohe Botschaft zu überbringen. Meine Welt war wieder im Gleichgewicht und ich hatte bei der ganzen Sache eine wertvolle Lektion gelernt. Noch am selben Tag kontaktierte ich Belgin, denn sie hatte mich darum gebeten. Obwohl sie mit keiner einzigen Botschaften, die sie während des Channelings aus der geistigen Welt erhalten hatte, daneben gelegen war, war ihr mein Entsetzen darüber, dass es ein Junge werden würde, keineswegs entgangen. „Liebe Anika", meinte sie, „Lass dir eines gesagt sein. Die geistige Welt macht keine Fehler und du hast heute eine wichtige Lektion gelernt. Hab stets Vertrauen in die eigenen Erfahrungen und lass sie dir von nichts und niemanden nehmen. Fühlt sich etwas für dich nicht stimmig an, dann vertrau voll und ganz darauf, was dein Gefühl dir sagt." Belgin hatte vollkommen Recht, denn ich hatte mich nicht nur binnen weniger Sekunden aus dem Gleichgewicht bringen lassen, sondern auch die Echtheit meiner Erfahrungen angezweifelt. Die Möglichkeit, dass ich Recht behalten sollte, war augenblicklich in weite Ferne gerückt und obwohl ich schon vieles erlebt hatte, waren letztendlich meine Zweifel größer gewesen als mein Vertrauen. Erst jetzt wurde mir klar, dass ich nicht mehr länger die Bestätigung anderer brauchte um mir etwas zu beweisen. Vertrauen zu haben, ganz gleich, ob in sich selbst oder andere, ist eine der schwersten Sachen auf der Welt und doch nahm ich mir fest vor, ab sofort keinerlei Zweifel mehr gelten zu lassen. Belgin und ich sind einander im Laufe der Zeit noch viele weitere

Male begegnet. Sie ist nicht nur ein ausgezeichnetes Medium, sondern auch eine ganz wunderbare Seele und ich danke nicht nur der geistigen Welt, sondern auch ihr für diese wichtige und wertvolle Lektion.

Einmal Himmel und zurück

Es war Mitte Mai und früher Nachmittag als mich mein zweitjüngster Sohn Julian um ein Gespräch unter vier Augen bat. Zunächst ging ich davon aus, er hätte etwas angestellt, doch als er kurze Zeit später in Tränen ausbrach, wusste ich, dass etwas ganz und gar nicht in Ordnung war. „Was ist denn los, mein Schatz?", fragte ich besorgt und bat ihn sich zu setzen. Zusammen nahmen wir auf seinem Bett Platz und Julian erzählte mir, was ihm seit Wochen auf der Seele lastete. „Ach, weißt du, Mama," schluchzte er. „In ein paar Wochen habe ich Geburtstag und ich kann mich gar nicht recht darauf freuen, weil mir Luna so unheimlich fehlt." Seine Worte versetzten mir einen Schlag in die Magengrube und ihn so zu sehen war für mich alles andere als einfach. Immerhin hatte Julian hautnah miterleben müssen, wie seine Schwester starb und das war, meiner Meinung nach, weitaus mehr als man einem Kind zumuten konnte. „Ich möchte dir etwas verraten", entgegnete ich. „Luna ist sehr oft bei dir und ganz gewiss wird sie das auch an deinem Geburtstag sein. Hast du mich verstanden?"

Julian derart niedergeschlagen zu sehen, machte mich trauriger denn je, immerhin konnte ich gut nachvollziehen, wie er sich fühlen mochte. Bereits in wenigen Wochen würde er unglaubliche zehn Jahre alt werden und dieser Tag sollte etwas ganz Besonderes sein. Zwar unterhielten wir uns nahezu täglich über seine Schwester und vor allem Julian lauschte aufgeregt meinen Erzählungen über jenen

Ort, der zu ihrem neuen Zuhause geworden ist, doch seine Trauer konnte ich ihm damit nicht nehmen. „Hast du Luna denn in letzter Zeit wieder einmal besucht?", fragte er neugierig und sah mich mit durchdringendem Blick an. „Aber natürlich", sagte ich, lächelte und strich ihm behutsam eine Träne von der Wange. „Und jedes Mal gibt sie mir zu verstehen, dass sie sehr oft bei dir ist, insbesondere wenn du abends in deinen Comicbüchern blätterst." Julians fragender Blick wich einem zarten Lächeln, als er nervös an dem Ende seines T-Shirts herumfummelte und sagte: „Weißt du, was mein allergrößter und einzigster Geburtstagswunsch ist, Mama?" Kaum ausgesprochen, ahnte ich bereits, worauf er hinauswollte. "Was denn, mein Schatz?", fragte ich dennoch und zwinkerte ihm verstohlen zu.

Eine ganze Weile lang saß Julian da und starrte schweigend auf seine Hände, ehe er sich dazu aufrappelte und damit herausrückte, was ihm auf dem Herzen lag. „Ich möchte Luna wiedersehen. Ich möchte sie im Jenseits besuchen, genauso wie du es machst. Das ist es, was ich mir wünsche und nichts anderes." Danach verstummte er abermals und während wir schweigend Seite an Seite im Bett saßen, fiel mein Blick auf ein Foto, das ich nach Lunas Tod an den Türen seines Kleiderschrankes befestigt hatte. Darauf waren Luna, unser Hund Winnie sowie Julian selbst abgebildet und ich erinnerte mich noch gut an den Tag, an dem dieses Bild entstanden ist. "Versprichst du es mir?", flüsterte Julian und ich spürte förmlich das Gewicht der Trauer, welches auf seinen Schultern lastete. Ohne auch nur einen Augenblick lang darüber nachzudenken, nahm ich ihn in meine Arme und fragte: "Weißt du eigentlich worauf du dich da einlässt? Bist du dir dessen bewusst? Denn danach wird nichts mehr so sein wie es einmal war." Julian nickte aufgeregt und seine Augen begannen regelrecht zu funkeln. Ich seufzte, drückte ihm eine Kuss auf die Stirn, warf einen letzten Blick auf das Foto ehe ich sagte: "Versprochen. Einmal Himmel und zurück. Und wenn es das Letzte ist, das ich tue."

Traumreisender

Julian und ich hatten eine Vereinbarung getroffen und dabei standen uns exakt zwei Optionen zur Verfügung. Entweder würde ich es schaffen, ihm seinen Wunsch zu erfüllen oder aber ich würde scheitern und ihn bitterlich enttäuschen. Zwar hatte ich bereits etliche Male, zusammen mit anderen, das Jenseits betreten, doch war dies stets unbeabsichtigt und vollkommen unkontrolliert geschehen. Weder wusste ich, wie es dazu gekommen war, noch hatte ich darauf irgendwie Einfluss nehmen können. Es passierte ganz einfach und obwohl es unbeschreiblich schön war, diese einzigartigen Erlebnisse mit jemandem zu teilen, konnten sich meine Mitreisenden tags darauf zumeist nicht mehr daran erinnern, wo sie die Nacht über gewesen sind. Ganz gleich auch, wie ich es bewerkstelligen sollte, Julian auf meine Reisen mitzunehmen, war ich fest davon überzeugt, mit Hilfe der geistigen Welt einen geeigneten Weg zu finden um ihm das ersehnte Treffen mit seiner Schwester zu ermöglichen. Schon des Öfteren hatte ich in diversen Büchern von der Möglichkeit gelesen, andere im Zustand der Außerkörperlichkeit aus ihrem physischen Körper ziehen zu können, doch wie genau dabei vorzugehen war, blieb vorerst ein Rätsel. Abgesehen davon ahnte ich, dass ich mehreren Hürden begegnen würde, von denen ich bislang nichts wusste. Die Größte von allen würde jedoch an ganz anderer Stelle lauern. Julians Traumerinnerung, denn nur, wer es gewohnt ist, sich konstant gut an die eigenen Träume zu erinnern, hat die Chance ein derartig existenzielles Erlebnis wie eine außerkörperliche Erfahrung im Gedächtnis zu behalten. Immerhin beschäftigte ich mich seit nunmehr zwei Jahren mit diesem Thema und wusste, dass es alles andere als einfach ist, Erinnerungen aus einem derart tiefen Bewusstseinszustand mit ins Wachbewusstsein zunehmen. Zwar gibt es dutzende Techniken, die ich mir im Laufe der Zeit angeeignet hatte um die eigene Erinnerungsfähigkeit zu optimieren, doch Julian und mir blieb lediglich ein knapper Monat, um unser Ziel, das Jenseits, zu erreichen. Dennoch wollte ich nichts unversucht lassen und machte mich auf die Suche nach einer geeigneten Lösung für unser Problem. Wie könnte ich es schaffen einen Neunjährigen innerhalb kürzester Zeit dazu zu befähigen, sich konstant gut an die eigenen Träume zu erinnern? Kein leichtes Unterfangen, wenn du mich fragst, und doch war meine Motivation riesengroß. Hinzu kam, dass ich keine Ahnung hatte, wie ich es anstellen sollte, Julian aus seinem physischen Körper zu ziehen, weshalb ich mich dazu entschloss, mein geistiges Team um Hilfe zu bitten.

Ich bin außerkörperlich und fliege über eine malerische Landschaft voller Farben, deren Pracht einfach nicht von dieser Welt ist. Unter mir reiht sich ein Feld nach dem anderen und ich genieße das Gefühl des Fliegens als ich in der Ferne eine Art Turm ausfindig mache. „Der muss bestimmt zwanzig Meter hoch sein!", schätze ich und steuere direkt darauf zu. Spielend leicht nehme ich an Tempo zu und nähere mich dem eigenartigen Gebäude. Dort angekommen, stelle ich fest, dass es über keinerlei Tür oder sonstige Einstiegshilfen verfügt. Ganz gleich wie oft ich drumherum fliege, ich finde keinerlei Möglichkeit hineinzukommen. Schon möchte ich mich wieder aus dem Staub machen, als, wie aus dem Nichts, ein Fenster in der dicken Steinmauer vor mir auftaucht, sich öffnet und mich regelrecht dazu einlädt, durch es hindurchzufliegen. Kurz überlege ich, ob es nicht besser wäre, umzukehren, als ich all meinen Mut zusammennehme und der Einladung Folge leiste. Erstaunt stelle ich fest, dass sich mir das Innenleben des Turms in weitaus größerem Ausmaß präsentiert, als es von außen den Anschein gemacht hat. Eine riesige Bibliothek mit hunderten von Büchern zeigt sich mir und ich setze mittendrin zum Landeanflug an. Lautlos öffnet sich eine der vielen Glastüren und ein Mann tritt durch sie hindurch. Er ist groß gewachsen, trägt eine kleine runde Brille und eine Art Anzug. Irritiert mache ich einen Schritt zurück, als er mich aufmunternd anlächelt und er mich einlädt mich zu setzen. Gleich in der Nähe befindet sich ein kreisrunder Tisch mit mehreren Sesseln drumherum und weil meine Neugierde größer ist als alles andere, nehme ich kurzerhand auf einem davon Platz. Ohne daran zu denken, mich dem Unbekannten vorzustellen, platzt es auch schon aus mir heraus: „Darf ich Julian zu einer gemeinsamen Astralreise abholen?", löchere ich ihn. „Und falls ja, wie um alles in der Welt soll ich dabei vorgehen?" Der Mann weiß sofort, worauf ich hinaus möchte und scheint sich ebenso wenig über mein plötzliches Auftauchen zu wundern, als über meine ungestüme Art Fragen zu stellen. Geduldig hört er mir zu, so lange bis ich nichts mehr zu sagen habe. „Selbstverständlich darfst du Julian abholen, im Grunde genommen sollst du das sogar tun. Er ist soweit und wird, dank deiner Hilfe und Unterstützung, die Möglichkeit erhalten, ebenso wie du, das Jenseits zu erkunden", antwortet er in freundlichem Tonfall. Gebannt folge ich seinen Erzählungen und vergesse dabei vollkommen darauf, meine Reise stabil zu halten. Unverzüglich schnelle ich in meinen physischen Körper zurück und ärgere mich noch eine ganze Weile über diese verpatzte Gelegenheit.

In den kommenden Tagen bemühte ich mich mit aller Kraft darum, Julian mein gesamtes Wissen über die unterschiedlichsten Erinnerungstechniken weiterzugeben, was sich als weitaus schwieriger herausstellte, als ich bislang angenommen hatte. „Ich hasse Schreiben!", beschwerte sich Julian und war sichtlich den Tränen nahe, nachdem ich ihn zum wiederholten Mal dazu aufgefordert hatte, regelmäßig in sein Traumtagebuch zu schreiben. „Ich weiß, es ist alles andere als einfach!", versuchte ich ihn milde zu stimmen, „Aber es ist der einzige Weg, der zu Luna führt." Der alleinige Vorteil bei der ganzen Sache war, dass Julian, ebenso wie ich, in regelmäßigen Abständen Klarträume zu verzeichnen hatte, was wiederum hieß, dass er in der Lage war, die Kontrolle über seine Traumwelt zu erlangen. Nicht wenige Menschen sind in Besitz dieser Fähigkeit und werden während ihrer Träume klar. Dadurch gelingt es ihnen nicht nur spielend leicht ihre Alpträume zu entschärfen, sie können zusätzlich ihre Träume gezielt nach den eigenen Vorstellungen formen. Während ich mir diese Fähigkeit mühsam erarbeiten musste, schaffte Julian es ohne viel Zutun seinerseits, in seinen Träumen bewusst zu werden. Er war ein Oneironaut, ein Traumreisender, der die herausragende Fähigkeit besaß, zwischen den Welten zu wandeln. Bis heute verstehe ich nicht, warum er mir nicht eher davon erzählt hat und doch weiß ich, dass er es wohl genau zum richtigen Zeitpunkt getan hat. Er wusste es nicht besser und, hätte ich auch nur die Spur einer Ahnung davon gehabt, welches Potenzial in ihm schlummert, so hätten wir gewiss viel früher mit unserem Vorhaben gestartet. Durch Julians Fähigkeit luzid zu werden, hatten wir einen wesentlichen Vorteil, denn dieser Zustand eignet sich nicht nur hervorragend dazu Spaß zu haben, sondern es lassen sich darüber auch ganz ausgezeichnet außerkörperliche Erfahrungen einleiten. Bis zu seinem Geburtstag blieben uns ganze neunundzwanzig Tage und hochmotiviert startete ich in die erste Nacht.

Heute Nacht versuche ich erstmals meinen Sohn abzuholen. Nachdem ich meinen physischen Körper verlassen habe, begebe ich mich unverzüglich in sein Zimmer. Während er tief und fest schläft, bemühe ich mich darum, ihn mit allen Mitteln aus seinem Körper zu holen. Ich ziehe an Händen und Füßen, doch ganz gleich was ich auch tue, nichts davon scheint zu funktionieren. „Was mache ich bloß falsch?", bitte ich mein geistiges Team um Hilfe und erhalte unverzüglich die Antwort: „Ihr müsst euch beide vorher absprechen. Ihn einfach so abzuholen ist der falsche Weg. Noch dazu solltet ihr beide euer höheres Selbst um Unterstützung bitten."

Mehrere Nächte vergingen, ohne dass wir eine weitere Gelegenheit erhalten sollten und doch gab es keinen Tag, an dem ich nicht daran dachte. „Mama, holst du mich heute Nacht ab?", fragte Julian mich jeden Abend sobald ich ihn zu Bett brachte und jedes Mal war meine Antwort dieselbe. „Ich möchte, dass du, bevor du einschläfst, ganz fest an Luna denkst. Stell dir dabei so gut wie du nur kannst vor, wie es sich anfühlen wird, sie zu treffen", bat ich und versuchte ihn so auf ein Treffen mit seiner Schwester vorzubereiten. Wie bei allen Techniken zur Steigerung der Erinnerungsfähigkeit zielte auch diese darauf ab, mit einer konkreten Absicht zu Bett zu gehen, um diese anschließend mit in den Schlaf zu nehmen.

Heute Abend versuche ich mich an einer weiteren Technik um meine Traumerinnerung zu steigern. Nachdem ich mich ins Bett gelegt habe, gehe ich noch einmal den kompletten heutigen Tag in Gedanken durch. Dabei bemühe ich mich, mir jede einzelne meiner Tätigkeiten so gut wie möglich in Erinnerung zu rufen und lasse sie, mit sämtlichen mit zur Verfügung stehenden Sinnen, vor meinem inneren Auge aufleben. Ich starte ab dem Zeitpunkt des Schlafengehens und wende Schritt für Schritt meine Aufmerksamkeit den einzelnen Tagesabschnitten zu, so lange bis ich beim Morgen angelangt bin. Eine Herausforderung, die alles andere als einfach ist. „Wer weiß schon, was er den ganzen Tag über getan hat?", frage ich mich, ehe ich die Augen schließe und mich meinen Affirmationen zuwende.

Julian zweifelte keine einzige Sekunde lang an mir und meinen Fähigkeiten, womit er mir schon einmal einen großen Schritt voraus war. Es war dieses blinde Vertrauen, welches nur ein Kind für die eigene Mutter aufbringen kann und das keinen Zweifel zulässt. Ich beneidete ihn darum, denn während er keine einzige Sekunde lang die Erfüllung seines Wunsches in Frage stellte, kämpfte ich nicht nur mit massiven Selbstzweifeln, sondern auch mit der Furcht davor, auf ganzer Länge zu scheitern.

Julian

„Mama, wie viele Tage sind es noch bis zu meinem Geburtstag?", fragt Julian und hüpft aufgeregt vom einen Bein auf das andere, während ich in Ruhe die restliche Zahnpasta ins Wachbecken spucke und mein Gesicht in einem der Handtücher vergrabe. „Geduld war noch nie deine Stärke, nicht wahr?", entgegne ich. „Muss ich wohl von dir haben", grinst dieser verschmitzt und abermals stelle ich fest, dass er seinem leiblichen Vater in so mancherlei Hinsicht zum Verwechseln ähnlich sieht. „Womit er Recht hat, hat er Recht", stimme ich ihm zu, denn die geduldigste Person war ich noch nie, außer es geht um eines meiner Kinder. In diesem Fall kann ich sprichwörtlich eine Engelsgeduld an den Tag legen, die selbst meinen Mann staunen lässt. „Lass mich mal nachdenken", überlege ich, „heute ist Sonntag." Schnell zähle ich in Gedanken die verbleibenden Tage und vor lauter Schreck fällt mir dabei die Zahnbürste aus der Hand. „Elf Tage!", antworte ich. „Uns bleiben nur mehr elf Tage!". Während Julian zufrieden Richtung Küche verschwindet, bleibe ich an Ort und Stelle und blicke gedankenverloren aus dem Fenster.

Es waren weniger als zwei Wochen bis zu Julians zehntem Geburtstag, dabei kam es mir vor, als wäre es erst gestern gewesen, als ihn mir die Hebamme im Kreißsaal auf die Brust gelegt hatte. Julian war ein Trennungskind und musste sich im zarten Alter von eineinhalb Jahren von seinem leiblichen Vater verabschieden, ein Umstand, der ihn unbestreitbar dauerhaft geprägt hat. Dennoch pflegen die beiden bis heute eine ganz ausgezeichnete Beziehung zueinander und ich weiß wie unglaublich stolz Julian auf seinen Papa ist. Es war für ihn bestimmt alles andere als einfach unter derartigen Umständen aufzuwachsen und doch hat er sich stets darum bemüht, mir keine zusätzlichen Sorgen zu bereiten. Nun näherte sich im Eiltempo sein zehnter Geburtstag und er hatte, trotz dieses jungen Alters, weitaus mehr erleben müssen, als mir lieb war. Ich denke dabei an den plötzlichen Tod seiner Schwester Luna, zu welcher er, von allen Geschwistern, ein besonders inniges Verhältnis gehabt hatte. Wie oft habe ich mir gewünscht, ihm dieses Leid ersparen zu können und doch lag es nicht in meiner Macht darüber zu entscheiden. Vor dem Schlafen gehen spielten Julian und ich immer wieder ein und dasselbe Spiel. Dabei mussten wir uns zwischen der Fähigkeit, die Zeit zurückzudrehen oder aber in die Zukunft reisen zu können, entscheiden. Ich traf jedes Mal dieselbe Wahl und wünschte mir nichts sehnlicher als die Uhren rückwärts laufen lassen zu können um die Fehler, die ich in der Vergangenheit begangen hatte, rückgängig zu machen. Ebenso wie Julian, der sich mit dem Gedanken daran quälte, seiner Schwester zu Lebzeiten nicht oft genug gesagt zu haben, wie lieb er sie hat. Und doch blieb es ein Gedankenspiel, bis wir uns eines Tages dazu entschlossen, einen Weg zu finden, das Spiel nicht länger Spiel sein, sondern Wahrheit werden zu lassen.

Ich stehe gegen ein Uhr früh auf und bleibe eine ganze Stunde lang wach, wenn nicht sogar länger. In dieser Zeit nehme ich mir Papier und Stift zur Hand und schreibe mit voller

Konzentration folgenden Satz darauf: „Ich mache jetzt eine Astralreise und erinnere mich an alles." Immer wieder drücke ich den Stift auf das Papier und stelle mir dabei mit aller Kraft gedanklich vor, wie es sich anfühlen mag, heute Nacht Erfolg zu haben. Im Nu ist die Stunde vorüber und ich lege mich erneut auf die Couch. Keine fünfzehn Minuten später nehme ich eine deutliche Verlagerung meines Bewusstseins wahr. Dutzende innere Bilder ziehen an mir vorüber, während ich mich darum bemühe, keinen einzigen Zentimeter meines Körpers zu bewegen. Nach und nach hält die Schlafparalyse Einzug und sämtliche meiner Gliedmaßen beginnen sich schwer anzufühlen. Fünf Minuten später kann ich meinen gesamten Unterkörper kaum mehr spüren. Ein gutes Zeichen und das Signal dafür, dass es an der Zeit ist, den nächsten Schritt zu tun. Ich wiederhole in Gedanken meine Affirmation, bitte mein geistiges Team um Unterstützung und fokussiere meine Gedanken auf eine klare Absicht: Julian abzuholen. Während sich die Schlafparalyse allmählich über den Rest meines Körpers ausbreitet, versuche ich, durch den Einsatz unterschiedlicher Affirmationen, munter zu bleiben. Die vielen Bilder nehmen stetig zu und verschmelzen schließlich zu einem ganzen Film, der sich in rasantem Tempo vor meinem inneren Auge abgespielt. Die Anbindung zur geistigen Welt gewinnt an Stärke und ich tauche voll und ganz in den hypnagogen Zustand ein. Kurze Zeit später erreiche ich den Schwingungszustand und eine Ablösung meines Energiekörpers ist in greifbarer Nähe. Plötzlich vernehme ich ganz in der Nähe eine Stimme, doch ich schenke ihr keinerlei Beachtung und konzentriere mich stattdessen darauf, die Schwingungen zu verstärken. Fast hört es sich so an, als würde jemand direkt neben mir stehen und dabei lautstark einen Pappkarton nach dem anderen zerreißen.

Die Schwingungen nehmen weiterhin an Intensität zu, als ich mich mit einem Ruck aufrichte und mich binnen einer Sekunde meines physischen Körpers entledige. Skeptisch, ob mir die Separation auch wirklich geglückt ist, starte ich einen Flugversuch und stelle fest: „Ich befinde mich tatsächlich in meinem Energiekörper!". Ich drehe eine kurze Runde, ehe ich zur Landung ansetze, um meine Gedanken zu sortieren. „Was soll ich als Nächstes tun? Welches Ziel möchte ich dieses Mal ansteuern?", frage ich mich und aus irgendeinem Grund scheint mein ursprüngliches Ziel, Julian abzuholen, mir gänzlich entfallen zu sein. Ein Umstand, der mich nicht nur einmal dazu veranlasst hat, meine Aufmerksamkeit anderen Dingen zuzuwenden, als ursprünglich geplant war. „Oh, ich wollte doch schon so lange einmal nach Kreta reisen!", kommt mir unverzüglich in den Sinn und schon mache ich mich auf den Weg dorthin. Keine Sekunde später finde ich mich an einem wunderschönen Strand wieder. Fasziniert lausche ich dem Meeresrauschen und bestaune das Glitzern der Sonne, das sich in den Wellen widerspiegelt. Was für ein atemberaubender Anblick!

Nächtlicher Störenfried

Ich stehe in Julians Zimmer und zerre vergeblich an allen Ecken und Enden seines Körpers, bis ich mich daran erinnere, erst unlängst in einem Buch gelesen zu haben, unten an den Beinen ziehen zu müssen. Ich leiste dem Tipp umgehend Folge, als mir just, in dem Moment, Julians Energiekörper entgegen schießt. Irritiert begutachten mein Sohn und ich das nahezu idente Duplikat seines physischen Körpers, welcher, so als wäre nie etwas passiert, im Bett liegt und tief und fest schläft. „Komm, wir besuchen Luna!", gebe ich Julian zu verstehen, nehme seine Hand und möchte mich zum Abflug bereit machen, als unsere Reise augenblicklich ein abruptes Ende nimmt. Ich habe meine Augen noch nicht einmal geöffnet, als ich tief in meinem Inneren eine vertraute Stimme wahrnehme. „Hab etwas Geduld!", sagt sie. „Er muss sich erst daran gewöhnen, auf diese Art und Weise unterwegs zu sein."

Soweit ich mich erinnern kann, war es der berühmte Kernphysiker Thomas Campbell, der regelmäßig, zusammen mit seinem Sohn an seiner Seite, Astralreisen unternahm. Eines Nachts machten sich die beiden zu einer weiteren Erkundungstour unter Wasser auf, als plötzlich ein riesiger Wal ihren Weg kreuzte. Obwohl es in der astralen Ebene eine Leichtigkeit darstellt, Hindernisse einfach so zu durchdringen, meldete sich Campbells Sohn plötzlich lautstark zu Wort. „Autsch", schrie er auf. „Ich bin gerade an einer Rippe des

Walfischs kollidiert."Am nächsten Morgen berichtete Thomas wie üblich seiner Frau von dem Abenteuer, das er vergangene Nacht mit seinem Sohn erlebt hatte. Kurze Zeit später kam auch schon der junge Mann selbst in die Küche gelaufen und schilderte aufgeregt seiner Mutter von seiner Begegnung mit dem Wal. Als er damit fertig war, blickte er in das erstaunte Gesicht seiner Mutter. Thomas Campbell sowie sein Sohn, hatten beide unabhängig voneinander exakt ein und dieselbe Geschichte erzählt. Einer von zahlreichen eindrucksvollen Berichten, die aufzeigen, dass es Astralreisen tatsächlich gibt.

In dieser Nacht darf ich Julian in die hohe Kunst des Fliegens einweisen. Nachdem es mir erneut geglückt ist, ihn mittels eines kurzen Rucks an den Beinen, erfolgreich von seinem physischen Körper zu trennen, drehen wir eine gekonnte Runde im Garten. „Ich wusste gar nicht, dass Fliegen so cool sein kann!", gibt mir Julian dabei begeistert zu verstehen und wir fliegen noch eine ganze Weile, ehe wir in unsere physischen Körper zurückkehren.

Es war Samstag und ich war gerade mit den Kindern im Supermarkt einkaufen, als es plötzlich in meiner Hosentasche klingelte. Allein mit Baby und Kleinkind unterwegs zu sein, erwies sich als überaus kompliziert und anstrengend. Beinahe jedes Mal weigerte sich Phillip mit rigoroser Vehemenz im Einkaufswagen Platz zu nehmen, was zur Folge hatte, dass ich ihm auf Schritt und Tritt durch den Supermarkt hinterherlaufen musste, während ich mich nebenbei darum bemühte die Einkaufsliste abzuarbeiten. Wurde dann auch noch Liana unruhig, war das Drama perfekt. Ausnahmsweise lief an dem Tag alles glatt und ich hatte gerade beide Kinder erfolgreich im Einkaufswagen verstaut, als plötzlich mein Handy piepste. „Sag mal, hast du mich vergangene Nacht besucht oder habe ich mir das alles bloß eingebildet?", überflog ich die SMS, während ich mich mit einer Hand darum bemühte, den Griff des Einkaufswagens zu desinfizieren. Nach wie vor herrschte im Handel Maskenpflicht, was bei den steigenden Temperaturen alles andere als angenehm war, insbesondere für das Personal. Ohne Phillip auch nur eine einzige Sekunde lang aus den Augen zu lassen, parkte ich den Einkaufswagen kurzerhand neben dem Desinfektionsspender, um mir die Nachricht noch einmal in Ruhe durchzulesen. Sie stammte von Petra, einer Freundin aus Deutschland. Schon ploppte am Bildschirm eine weitere SMS auf. „Und ich denke, du hattest deinen Sohn mit im Schlepptau." Irritiert zog ich meinen rosafarbenen Mundnasenschutz über der Nase zurecht und steckte das Handy zurück in die Hosentasche. An diesem Tag erledigte ich den Einkauf besonders zügig. Schleunigst verstaute ich die Einkäufe im Kofferraum, während mir die Nachricht meiner Freundin nicht mehr aus dem Kopf ging.

Zuhause angekommen, wollte ich der Sache auf den Grund gehen und kontaktierte kurzerhand Petra, um mehr über ihren nächtlichen Besuch zu erfahren. „Zweifellos war ich wach, soweit kann ich dir schon einmal sagen", meinte sie. „Plötzlich sind zwei Gestalten an meinem Bettende aufgetaucht und eine davon konnte ich eindeutig als dich identifizieren. Du warst in Begleitung eines Jungen, der kaum älter als zwölf sein muss. Keiner von euch beiden hat auch nur ein einziges Wort gesagt, ihr habt mich lediglich angesehen und etliche Minuten später seid ihr auch schon wieder verschwunden." Erstaunt lauschte ich Petras Erzählungen und konnte mir offen gestanden keinen Reim darauf machen. Weder erinnerte ich mich daran, Julian vergangene Nacht abgeholt zu haben, noch war mir irgendein Traum im Gedächtnis geblieben. Trotz alledem war ich mir sicher, dass Petras Erlebnis alles andere als Einbildung gewesen ist. Insbesondere deshalb, weil wir uns bislang nur via Telefon ausgetauscht hatten und uns ein persönliches Treffen aufgrund der großen Entfernung unmöglich gewesen war, wollte ich herausfinden, was an der Sache dran war. „Halten wir zunächst einmal Folgendes fürs Protokoll fest", dachte ich laut nach. „Du bist noch niemals zuvor meinem Sohn begegnet, noch weißt du, wie er aussieht." „Korrekt!", bestätigte Petra. Ich überlegte eine Weile, als mir spontan eine Idee kam. „Die einzige Möglichkeit, um herauszufinden, ob wir dir tatsächlich in der vergangenen Nacht einen Besuch abgestattet haben, ist dir ein Foto von Julian zu zeigen. Erst dann werden wir wissen, ob dein Erlebnis echt oder bloß Einbildung war." Gesagt, getan, schickte ich Petra ein aussagekräftiges Foto meines Sohnes und wartete gespannt auf ihre Antwort. Keine Sekunde später meldete sie sich auch schon und bestätigte, dass es sich bei dem nächtlichen Störenfried zweifellos um Julian gehandelt hatte. Um dutzend Fragen reicher bedankte ich mich bei meiner Freundin und hielt noch am selben Tag folgenden Gedanken in meinem Traumtagebuch fest: „Wie oft wir uns wohl, ohne davon zu wissen, nachts auf Reisen begeben?"

Geheimnis Zirbeldrüse

Als ich vor knapp zwei Jahren damit begann, regelmäßig zu meditieren und meine Aufmerksamkeit von außen nach innen zu lenken, kam ich nicht drumherum, mich auch mit der Aktivierung meiner Zirbeldrüse auseinanderzusetzen. Ein wesentliches Thema, so wie ich meine, und doch wird seine Relevanz in der heutigen Gesellschaft viel zu oft unter den Teppich gekehrt. Warum dem so ist, darüber lassen sich lediglich Spekulationen anstellen. Möglicherweise wird es nicht gern gesehen, sich mit derartigen spirituellen Themen zu beschäftigen, die keinen nachweislichen, messbaren Nutzen nach sich ziehen. Als direktes Resultat dieser vorherrschenden Ignoranz, die sich durch sämtliche Bevölkerungsgruppen zu ziehen scheint, weiß kaum jemand um die Existenz und Macht dieses kleinen Organs Bescheid, das sich, gut positioniert, mitten im Zentrum unseres Gehirns befindet. Hauptsächlich mit der Produktion von Melatonin sowie Serotonin beschäftigt, verhilft es uns so, zu einem geregelten Schlaf-Wachrhythmus. Dabei fällt auf, dass sich, sofern man nichts dagegen unternimmt, innerhalb kürzester Zeit zahlreiche Verkalkungen um sie herum bilden. Die Zirbeldrüse verkümmert sozusagen und büßt dabei deutlich an Volumen ein. Was zu diesen Veränderungen führt, lässt sich relativ einfach erklären. Fluoride sowie unzählige künstlicher Zusatzstoffe, welche sich nicht nur, in größerer Menge zu sich genommen, negativ auf die Zirbeldrüse selbst sondern auch auf den gesamten menschlichen Organismus auswirken.

Beginnt man erst einmal damit, sich intensiv mit diesem Thema auseinanderzusetzen, erkennt man rasch, dass insbesondere ein jahrzehntelanger Konsum von Fluoriden derartige Verkalkungen hervorruft. Etwas von vielen Dingen, derer ich mich im Laufe der Zeit entledigt habe. Doch warum auf etwas verzichten, das doch nachweislich unserer körperlichen Gesundheit dient, zumindest, wenn man der vorherrschenden Meinung der Ärzteschaft Glauben schenkt? In Wahrheit reguliert die Zirbeldrüse nicht nur unseren Schlaf-Wachrhythmus, sie ist darüber hinaus Sitz eines unserer Hellsinne, dem Hellsehen. Möglicherweise fragst du dich nun, wie es sein kann, dass wir so gut wie gar nichts darüber wissen. Leider kann ich dir darauf keine Antwort geben und doch weiß ich, dass jenem Bereich zwischen den Augen weitaus mehr Aufmerksamkeit geschenkt werden sollte, als es aktuell der Fall ist. Die Zirbeldrüse fungiert dabei als eine Art Eintrittsticket zur geistigen Welt und macht es möglich, mit dem richtigen Know-how und etwas Übung, in Kontakt mit der geistigen Welt zu treten. Etwas, das sich anhört, als könnte es direkt aus einem Science-Fiction Roman stammen, ist nichts anderes als blanke Realität. Viele Menschen, die bereits erwacht sind und sich ihrer wahren Herkunft, der geistigen Welt, bewusst sind, wissen um deren Wirkung Bescheid und setzen sich gezielt damit auseinander, um sich mit ihrem geistigen Team, Verstorbenen sowie ihrem höheren Selbst zu verbinden. Diese Tür steht für jedermann offen, der sich dafür interessiert und doch scheint sich die Forschung bislang nicht großartig damit aufzuhalten. Welche Beweggründe sich auch immer dahinter verbergen, Tatsache bleibt, dass wir weitaus weniger über die Macht dieses Organs wissen, als uns lieb ist. Als ich mich folglich mit meinem täglichen

Fluoridkonsum auseinandergesetzt habe, stellte ich mit Entsetzen fest, dass wir damit regelrecht überschüttet werden. Nicht nur, dass sich jede Menge davon in unserer Zahnpasta finden lässt, auch in unserem Wasser befindet sich eine nicht unbeachtliche Menge an Fluorid. Glücklicherweise gibt es dennoch ein paar wenige Trinkwasserlieferanten, deren Ware man bedenkenlos konsumieren kann. Aber auch durch den Verzicht auf diverse Softdrinks kann man nicht viel falsch machen und einiges bewirken.

„Komm lass uns Luna suchen!", sage ich zu Julian, nachdem ich ihn ein weiteres Mal abgeholt habe, nehme ihn an der Hand und begebe mich intuitiv nach nebenan in das ehemalige Kinderzimmer seiner Schwester. Wir haben nicht viel daran verändert und insbesondere Lunas Einhornbett, das sie vom Christkind geschenkt bekommen hat, steht nach wie vor darin. Neugierig blicke ich mich um, als Julian plötzlich lauthals aufschreit und wie angewurzelt mitten im Zimmer stehen bleibt. Wie gebannt starrt er Richtung Bett, als sich auch schon einer der rosafarbenen Vorhänge zur Seite schiebt und ein kleiner Blondschopf zum Vorschein kommt. „Edi!", vernehme ich die vertraute Stimme meiner Tochter, die sich nicht minder freut, uns zu begegnen, als wir.

Besonders zu Beginn fielen mir die Umstellungen äußerst schwer, was möglicherweise auch damit zu tun hatte, dass sich mein Körper erst daran gewöhnen musste auf dermaßen vieles, was ich bis dahin tagtäglich konsumiert hatte, zu verzichten. Am schlimmsten war die erste Woche und, weil ich zusätzlich auch noch Koffein in jeglicher Form von meinem Speiseplan gestrichen hatte, durchlief ich einen knallharten psychischen sowie physischen Entzug. Erst im Laufe der zweiten Woche stellte sich allmählich ein Gefühl des Wohlbefindens ein und ich griff nie wieder auf besagte Produkte zurück. Im Laufe der Zeit wurde meine Liste an Dingen, auf die ich verzichten wollte, zunehmend länger und nebst tierischen Produkten, Fluorid und Koffein gesellte sich eines Tages auch Zucker hinzu. Aus irgendeinem Grund nahm der Verzicht von Zucker einen enormen Einfluss auf mein Bewusstsein sowie auf die Anzahl meiner außerkörperlichen Erfahrungen. Natürlich war es alles andere als einfach und die Bandbreite an Produkten, die ich bedenkenlos konsumieren durfte, schrumpfte förmlich in sich zusammen, gleichzeitig stieß ich auf unzählige Alternativen, die ich bislang nicht gekannt hatte. Im Endeffekt brachten die vielen Umstellungen zahlreiche Vorteile mit sich, sei es auf spiritueller oder auf körperlicher Ebene. Nicht nur, dass ich mich weitaus gesünder fühlte, ich war nach dem Essen auch um einiges weniger erschöpft. Zudem entwickelten sich meine Hellsinne in rasantem Tempo und machten es mir möglich, nachts weitaus mehr Akes zu erleben, als mir bislang geglückt war. Offensichtlich schien es dabei einen nicht ganz unbedeutenden Zusammenhang zwischen der Art und Weise, wie ich mich ernährte und meiner körpereigenen Schwingung zu geben. Zusätzlich bemerkte ich, dass ich über weitaus mehr an Energie verfügte, wenn ich darauf achtete, möglichst naturbelassene Produkte zu mir zu nehmen. Alles was sich schwer anfühlte, drückte nicht nur meine Stimmung, sondern gleichzeitig auch die Schwingungsrate meines Körpers in den Keller. Bis heute halte ich an meinen Gewohnheiten fest, was offen gesagt, nicht immer ganz einfach ist und doch mache ich ab und zu eine kleine Ausnahme und gönne mir, zusammen mit meinen Kindern, ein Eis. Sich weiterzuentwickeln ist nicht immer einfach und alles andere als ein Spaziergang und doch mache ich es gerne. Nicht nur, weil ich mich spirituell weiter entwickeln möchte, sondern auch, um meinen Körper gesund zu halten, denn ich habe nur diesen einen. Mittlerweile bin ich davon überzeugt, dass etwas Wahres daran ist, wenn behauptet wird, dass lediglich einem gesunden Körper ein gesunder Geist innewohnt.

Ich bin außerkörperlich und mache mich unverzüglich auf Richtung Kinderzimmer um meinen Sohn abzuholen, denn heute möchte ich, zusammen mit ihm, abermals seine verstorbene Schwester besuchen. „Luna, jetzt, sofort!", rufe ich und nehme ihn dabei an der Hand. Schon fliegen wir los und ich stelle fest, dass wir uns weit weg von unserem irdischen Zuhause befinden. Ganz klar ist Nacht und doch ist mir die Gegend gänzlich fremd. Wir fliegen über dutzende Dächer und mich lässt das Gefühl nicht los, dass wir kurz davor sind, unser Ziel zu erreichen. „Weist uns den richtigen Weg", bitte ich in Gedanken und augenblicklich scheint in einem der vielen Innenhöfe ein Licht auf. „Los, komm!", gebe ich Julian zu verstehen und wir nehmen an Tempo zu, ehe wir zur Landung ansetzen. Unten angekommen, stelle ich fest, dass wir mitten in einem Kinderzimmer gelandet sind. Es ist wunderschön und um uns herum liegt haufenweise Spielzeug. Fasziniert begutachtet Julian ein rosafarbenes Puppenhaus, als leises

Getrappel an meine Ohren dringt. Augenblicklich drehe ich mich um und sehe meine Tochter Luna, die um die Ecke gelaufen kommt, direkt in Julians Arme.

Bringe ins Licht

Den eigenen Seelennamen zu kennen, bedeutet nach Hause zu kommen. (Anika Schäller)

Wer bin ich? Eine einfache Frage, zumindest erweckt es den Anschein und doch ist sie viel zu komplex, um in Kürze beantwortet zu werden, hab ich nicht Recht? Einmal darüber nachgedacht, tauchen unweigerlich weitere Fragen auf? Was ist die wahre Essenz deines Seins, deiner Existenz? Ist es dieses aktuelle Leben? Oder vielleicht die Person, die du aktuell zu sein glaubst, mit all ihren negativen und positiven Eigenschaften? Möglicherweise bist du nach wie vor der Ansicht, an deinen physischen Körper gebunden zu sein, eventuell denkst du sogar, genau dieser zu sein. Sollte ich mit meiner Einschätzung ins Schwarze getroffen haben, dann leg dieses Buch lieber zur Seite oder beginn noch einmal von vorne zu lesen.

Wer bin ich? Nicht nur einmal habe ich mir im Laufe meines Lebens diese Frage gestellt. Tief in meinem Inneren brodelte es und ich spürte eine heimliche Sehnsucht nach etwas, das ich nicht beim Namen nennen konnte und doch war es die ganze Zeit über hier. Es war das Verlangen nach Erkenntnis, oder besser gesagt, nach mir selbst. Ganz gewiss bin ich mit diesem Gefühl nicht alleine auf dieser Welt und doch beschreitet jeder ganz für sich alleine diesen Weg. Es scheint eine lebenslange Aufgabe zu sein und selbst dann erhält man keine Garantie dafür, eine Antwort darauf zu erhalten, wer oder was man denn nun eigentlich ist. Als ich zum ersten Mal über den Begriff des Seelennamens gestolpert bin, konnte ich mir, offen gesagt, kaum etwas darunter vorstellen. Damals wusste ich weitaus weniger als heute und dennoch packte mich das Thema mit Haut und Haaren. Versteh mich bitte nicht falsch, ich mag meinen Namen durchaus und ich bin meinen Eltern äußerst dankbar, dass sie mir diesen und keinen anderen gegeben haben. Trotzdem bleibt er nicht mehr und nicht weniger als eine simple Ansammlung von Buchstaben. Etwas, das mir übergestülpt wurde, genauso wie vieles andere in diesem Leben auch. Diese eigensinnige, emotionsgeladene Persönlichkeit, beispielsweise, die mich zu dem Menschen macht, der ich bin, oder jener Körper, den ich mein Eigen nennen darf. Ein Vehikel auf Zeit, das ich annehmen aber auch wieder loslassen werde, sobald der Tag gekommen ist, an dem ich nach Hause zurückkehren darf. In Wahrheit gehört rein gar nichts davon mir, denn weder werde ich diesen Körper noch meinen irdischen Namen mitnehmen können, wenn ich die Schranken des Tode passiere. Stattdessen werde ich mich dessen entledigen und alles Physische abstreifen, bis nichts mehr von mir übrig ist als die wahre, reine Essenz meiner Seele. Den eigenen Seelennamen zu kennen, bedeutet nach Hause zu kommen. Ähnlich einer langen Reise, von der du wiederkehrst, schließt er dich in seine Arme und umhüllt dich dabei schützend mit seiner Wärme. Er ist das, was du bist, das, was dich ausmacht, das Resultat puren Seins. In ihm sind sämtliche Informationen über dich, deinen Seelenauftrag und deine einzelnen Lebensaufgaben enthalten. All das in nur einem Namen. Deinem Seelennamen. Dabei kann er aus Buchstaben oder aber aus einer ganzen Kombination an Lauten,

Symbolen sowie den unterschiedlichsten Klängen bestehen. Möglicherweise hast du sogar, ihn einmal erfahren, Probleme ihn überhaupt auszusprechen, was ganz einfach daran liegt, dass er nicht von dieser Welt ist. Seit Anbeginn deiner Existenz, der Geburt deiner Seele, begleitet er dich, unabhängig von Zeit, Alter und Wissensstand. Nur zum Zwecke deiner irdischen Inkarnation legst du ihn ab und lässt ihn eine Weile lang ruhen. Er rückt in den Hintergrund und gerät in Vergessenheit. Tabula rasa. Dein Leben nimmt einen neuerlichen Anfang und ein weiterer Zyklus mit neuer Identität, neuer Familie, neuem Namen und weiteren Aufgaben wird eingeläutet. Dein Seelenname verbindet dich mit deinem spirituellen, geistigen Ursprung. Er ist Ausdruck deiner Seele und stellt die Brücke zur geistigen Welt, deinem geistigen Team und deinem höheren Selbst dar. Er ist der Schlüssel, die Verbindung, die Wahrheit, das, was du bist und immerzu sein wirst.

Mein wahrer Name lautet Medinaseeh. Übersetzt bedeutet er so viel wie „Bringe ins Licht" und er verweist auf meine Aufgabe hier auf Erden. Mein Auftrag ist es, Licht und Wissen unter die Menschheit zu bringen, um die Welt heller sowie lichtvoller zu machen. Wir alle befinden uns in einem spannenden Zeitalter der Erneuerung. Vieles, das war, darf Neuem weichen. Alte Strukturen werden nach und nach aufgebrochen und kommen zum Vorschein, um wie ein Phönix, schöner denn je, aus Schutt und Asche emporzusteigen. Bist du dir deines Seelennamens bewusst, wird es dir weitaus leichter fallen, den irdischen Anforderungen standzuhalten bzw. gerecht zu werden. Wie du ihn erfahren kannst? Wende deine Aufmerksamkeit deinem

Innersten zu und verbinde dich dabei mit deinem höheren Selbst. Gehe den Weg der Meditation und vertraue auf den ersten Gedanken, der dir dabei in den Sinn kommt. Zweifle nicht daran sondern nimm ihn als Geschenk an, selbst wenn dein Verstand Gegenteiliges behauptet. Nimm deine Bedenken zur Kenntnis, aber lass dich und dein Tun nicht dadurch beeinflussen. Achte vielmehr darauf, was dein Gefühl dir sagt, denn das ist das, worauf du vertrauen kannst. Fühlt sich etwas für dich gut an, dann wird es mit hoher Wahrscheinlichkeit der richtige Weg für dich sein. Hast du kein gutes Gefühl, dann lass lieber die Finger davon. In beiden Fällen gilt es, Vertrauen zu haben und das, so lass dir gesagt sein, ist eine der schwersten Lektionen, die eine Seele zu lernen hat. Vertrauen entsteht nicht von heute auf morgen und kann schnell in die Brüche gehen. Hast du dich einmal dazu entschlossen, voll und ganz darauf zu hören, was dein Bauchgefühl dir sagt, so wirst du immer Prüfungen begegnen, die darauf abzielen, zu testen, ob du auch wirklich dabei bleibst oder dich von deinem Weg abbringen lässt. Findest du dich also in einer Situation wieder, in der du nicht weiter weißt, denkt daran, dass das Leben nichts anderes als ein riesiges Spielbrett ist, mit dir als Spielfigur darin, die dich dazu aufgefordert, den nächsten Schachzug zu machen. Das, was dich ausmacht, ist weitaus mehr als du mit bloßem Auge wahrnehmen kannst. Alles was du denkst zu sein, ist nichts anderes als ein Hologramm, eine perfekte Täuschung, die dich mitten ins große Spiel des Lebens eintauchen lässt. Bist du dir einmal dessen bewusst, hast du den ersten wichtigen Schritt in Richtung Selbsterkenntnis vollbracht und kannst dich von dort aus Höherem zuwenden.

Am Ende wird alles gut

Es ist Donnerstag und Julians zehnter Geburtstag, als ich gegen sechs Uhr morgens klar und deutlich eine Stimme in meinem Kopf wahrnehme, die unmissverständlich nach mir ruft. „Mama, komm bitte zu mir!", hallt es immer und immer wieder, so lange bis ich aufwache.

Ich habe wie üblich die zweite Nachthälfte mit dem Baby im Wohnzimmer verbracht und mich vergeblich darum bemüht, meinen physischen Körper zu verlassen, doch die meiste Zeit über war Liana viel zu unruhig und ich zu nervös, um etwas erreichen zu können. Es war schon weit nach Mitternacht, als ich mich abermals in Gedanken verzweifelt an die geistige Welt wandte. „Keine Ahnung, was ihr von mir wollt. Einerseits möchtet ihr, dass ich Julian abhole, andererseits ist morgen auch schon sein Geburtstag und im Endeffekt kann er sich an nichts erinnern, was bisher gewesen ist. Wozu der ganze Aufwand, wenn es ja doch nichts bringt? Nicht nur, dass er fürchterlich enttäuscht sein wird, weil sein Wunsch nicht in Erfüllung ging, zusätzlich werde ich mir vorwerfen müssen, ihn überhaupt dazu ermutigt zu haben." Für mich stand fest, dass ich ganz allein Schuld daran war, dass wir bislang keinen Erfolg zu verzeichnen hatten. Immer wieder hatte ich Julian von meinen nächtlichen Reisen, den Treffen mit Luna, erzählt, allein schon, um ihn zu trösten. Nun wollte er Selbiges erleben und hatte mich deshalb um Hilfe gebeten. Zwar war es mir bereits einige Male gelungen, ihn aus seinem Körper zu ziehen und zusammen hatten wir nicht nur einmal seine Schwester getroffen und dennoch hatte er nichts davon im Gedächtnis behalten. „Ich möchte ihm nicht nur erzählen, wie schön doch die Nacht gewesen ist und was wir nicht alles zusammen erlebt haben", hatte ich abends zuvor meinem Mann erklärt. „Ich möchte, dass er es am eigenen Leib erfährt." Mittlerweile waren meine Bemühungen, Julian zu einer gemeinsamen Astralreise abzuholen auch nicht meinem Mann entgangen, was einerseits daran lag, dass ich kein Geheimnis daraus mache was, ich nachts über trieb, andererseits an seiner Fähigkeit, stets zu bemerken, sobald es mir nicht gut geht. Obwohl es ihm bis heute schwer fällt, an die Existenz einer höheren Macht zu glauben, verfügt selbst er, der durch und durch ein von Vernunft geprägter Mensch ist, über eine Art sechsten Sinn, der es ihm ermöglicht, jeden meiner Gefühlseinbrüche sofort wahrzunehmen. Auch an jenem Abend vor Julians großem Tag spürte er deutlich meinen Kummer.

Wie üblich hatte ich eine einstündige Schlafunterbrechung hinter mich gebracht und doch konnte ich mich weder daran erinnern, Julian abgeholt, geschweige denn Luna getroffen zu haben, als ich plötzlich klar und deutlich eine Stimme, oder besser gesagt Julians Stimme, in meinem Kopf hörte. Im Nu war ich putzmunter und lief hoch in sein Zimmer um dort nach dem Rechten zu schauen. Oben angekommen, stellte ich nicht nur fest, dass ich mir vollkommen grundlos Sorgen gemacht, sondern auch, dass ich Julian mit meinem Getrampel aufgeweckt hatte. „Alles Gute zum Geburtstag, mein Schatz!", sagte ich und bemühte, mich darum mir nicht anmerken zu lassen, wie betrübt ich war. Julian hingegen strahlte übers ganze Gesicht. „Mama, ich hab sie getroffen!", rief er freudig, „endlich hab ich Luna getroffen."

Es war Nacht und draußen noch finster, als Luna und ich in der Sandkiste saßen und zusammen spielten. Jeder von uns hat dutzende Sandburgen gebaut und es war fast so, als wäre sie keinen einzigen Tag lang weg gewesen. Ich hab ihr gesagt, wie lieb ich sie habe und wir hatten zusammen jede Menge Spaß. Alle anderen haben noch geschlafen, als sich plötzlich Hexi, meine verstorbene Ratte, zu uns gesellte. Sie tauchte einfach so auf meiner Schulter auf und kuschelte sich an mich. Kurz darauf gingen wir zum Basketballplatz gleich neben den Autos, um ein paar Körbe zu werfen. Selbstverständlich half ich Luna dabei, immerhin ist sie noch viel zu klein dafür. Ein paar Mal hab ich sogar getroffen und schließlich beschlossen wir, uns auf ins Freibad zu machen. Wir flogen ganz einfach hin, so als wäre es das Natürlichste auf der Welt. Dort angekommen hab ich erst einmal für jeden von uns ein Eis vom Kiosk geholt. Ein Jolly für mich und ein Twinni für Luna, genauso wie früher. Gleich darauf sind wir rüber zum Spielplatz und haben eine Weile lang zusammen Ball gespielt. Der lag dort einfach in der Wiese und schien niemandem zu gehören. Irgendwann, als wir keine Lust mehr auf Ballspielen hatten, sind wir auf den Spielturm geklettert und drei mal darfst du raten, wen ich dort getroffen hab? Winnie und Krümel! Beide waren ganz aus dem Häuschen, als sie mich gesehen haben. Ich war so glücklich, wie schon lange nicht mehr, Mama. Einige Zeit später bist du aufgetaucht und wir sind kurzerhand noch einmal auf eine zweite Runde Eis ins Freibad rüber. Selbstverständlich sind wir auch eine Runde im Becken geschwommen. Luna trug dabei einen quietschebunten Peppa-Wutz-Badeanzug und ich bin etliche Male zusammen mit ihr von der großen Rutsche heruntergesaust. Ich hab mich noch gewundert, denn das Wasser war gar nicht kalt, sondern angenehm warm und ideal zum darin Schwimmen. Keine Ahnung, wie lange wir noch dort waren, aber irgendwann kamen wir dann auf die Idee, zu Oma und Opa zu fliegen um ihnen einen kleinen Besuch abzustatten. Kurze Zeit später sind wir auch schon bei ihnen im Garten gelandet, da ist mir aufgefallen, dass es bereits früh am Morgen sein musste, denn es war bei weitem nicht mehr so finster wie zuvor. Was danach passiert ist, kann ich dir nicht so genau sagen, aber soll ich dir etwas verraten? Das ist mit Abstand das schönste Geschenk von allen.

Fasziniert folgte ich jedem seiner Worte, um ihn am Ende aufgeregt abermals darum zu bitten, mir noch einmal alles von Anfang an zu erzählen. Immerhin wollte ich alles bis ins kleinste Detail über sein Wiedersehen mit Luna erfahren. Gemeinsam hielten wir sein nächtliches Abenteuer in seinem Traumtagebuch fest, ehe er sich für die Schule fertig machte. Es war Donnerstag und Julians Geburtstag und letzten Endes ging sein allergrößter Wunsch doch noch in Erfüllung. Obwohl ich mich an rein gar nichts davon erinnern konnte, freute ich mich riesig für ihn, denn nichts hatte ich mir mehr gewünscht und allem Anschein nach war es dieses Mal nicht einmal notwendig gewesen, ihn abzuholen. „Kann es denn sein, dass er weitaus öfter außerkörperlich unterwegs ist, als wir bislang vermuteten?", kam mir unverzüglich in den Sinn. Wer weiß, wie oft er Luna bereits besucht hatte, ohne sich daran zu erinnern. Vielleicht hatte er mich lediglich dazu gebraucht, sich seiner eigenen Fähigkeiten bewusst zu werden und um den Mut aufzubringen, einen Blick über den Tellerrand zu werfen. Eventuell war es die ganze Zeit über darum gegangen, Julian dazu zu befähigen auf seine eigenen natürlichen Fähigkeiten zu vertrauen und sie nicht in Vergessenheit geraten zu lassen. Abgesehen davon war ich mir hundertprozentig sicher, frühmorgens seine Stimme gehört zu haben. War es möglicherweise ein Zeichen dafür gewesen, ihn zur rechten Zeit aufzuwecken, um die Erinnerung an sein Treffen nicht verfliegen zu lassen? Was würde ihn wohl erwarten, wenn er an dieser Fähigkeit festhält und sie nicht verkümmern lässt? „Mama, weißt du was?", sagte Julian, ehe er sich zur Schule aufmachte. „Das ist nicht nur mein schönster Geburtstag seit Lunas Tod. Es ist der Beste von allen."

Es war Donnerstag und nicht nur Julians zehnter Geburtstag, sondern auch der Tag, an dem sich das Tor zum Himmel für einen Augenblick lang öffnete. Nach Wochen des Übens ging schlussendlich sein Wunsch in Erfüllung und lehrte nicht nur ihn, sondern auch mich, wie wichtig es ist, niemals aufzugeben und darauf zu vertrauen, dass am Ende doch alles gut wird. Ich bin davon überzeugt, dass das erst der Anfang war und möglicherweise wird Julian eines Tages seine eigenen Geschichten schreiben. Berichte über Reisen ins Jenseits, die vielen Menschen dabei helfen werden, ihre Trauer zu bewältigen sowie ihre Angst vor dem Tod zu verlieren. Bis es soweit ist, möchte ich ihn unterstützen und ihm alles beibringen, was ich weiß. Er wird als einer von Wenigen mit dem Wissen aufwachsen, dass der Tod nicht das Ende ist, im Besitz der Fähigkeit zwischen den Dimensionen zu reisen, um all jene zu besuchen, die bereits vor ihm gegangen sind.

Petra

Ich durfte Petra im Frühjahr bei einem meiner Kurse kennenlernen. So wie viele andere Teilnehmer auch, wollte sie lernen, Kontakt mit ihrem Mann aufzunehmen, der vor nicht allzu langer Zeit an einer Krebserkrankung verstorben war. Nicht zuletzt erhoffte sie sich davon, sich besser an ihre Träume erinnern zu können, allem voran deshalb, weil sie nur selten von ihm träumte, geschweige denn, sich daran erinnern konnte. Meiner Erfahrung nach begegnen wir recht häufig während wir schlafen unseren Verstorbenen, was hauptsächlich daran liegt, dass sich dieser spezielle Bewusstseinszustand hervorragend dazu eignet, um in Kontakt mit der geistigen Welt zu treten. Leider vergessen die meisten Menschen viel zu oft, was sie die Nacht über erlebt haben und so wachen sie morgens in dem Glauben auf, nichts oder kaum geträumt zu haben. Petra ist eine von wenigen Menschen, die mir im Laufe der vergangenen Jahre begegnet sind, die mir im Gedächtnis geblieben ist. Dabei kann ich nicht einmal genau erklären, was der Grund dafür ist. Vielleicht liegt es daran, dass sie mir auf Anhieb sympathisch war oder aber daran, dass sie sich noch lange Zeit nach Kursende bei mir meldete, um sich auszutauschen. Sie war so motiviert wie kaum ein anderer und ich war mir sicher, sie würde eines Tages ihr Ziel erreichen und ihren Mann wiedersehen. Bis dahin verbrachte sie ihren Alltag so gut wie es ging und ihr Berufsalltag als Geschäftsfrau verschaffte ihr zusätzlich die notwendige Ablenkung, die sie benötigte um weiterzuleben. An manchen Tagen überfiel sie die Welle der Trauer aufs Neue und es fühlte sich so an, als wäre ihr Mann erst gestern von ihr gegangen. Obwohl Petra und ich uns kein einziges Mal in natura begegnet sind, weiß ich, dass sie eine atemberaubend schöne Frau ist, die ebenso viel Wärme, wie Herzlichkeit ausstrahlt. Ich bin mir sicher, dass wir einander eines Tages treffen werden, denn an Freunden wie diesen sollte man unbedingt festhalten. Doch auch Petras Weg erwies sich als äußerst steinig und so kam es, dass sie, ebenso wie ich, begann sich für außerkörperliche Erfahrungen zu interessieren. Viel zu verlockend erschien ihr der Gedanke, ihren Mann wiederzusehen und ich kann ihre Beweggründe durchaus nachvollziehen. Irgendwann kamen wir auf meine Versuche, Julian zu einer gemeinsamen Astralreise abzuholen, zu sprechen, was Petra überaus faszinierte. „Könntest du das auch mit mir machen?", bat sie mich eines Tages hoffnungsvoll. An diesem Tag war sie sich ihres Verlustes wieder einmal so richtig bewusst geworden und besonders an den Wochenenden fühlte sie sich einsam und alleine. Ihr Mann fehlte an jeder Ecke und an jedem Ende und sich einfach einen Neuen zu suchen, daran mochte Petra nicht einmal im Traum denken. Ich hatte keine Ahnung, wie es sich anfühlen mochte, den eigenen Partner zu verlieren und dennoch stand fest, dass Petra nicht mehr weiter machen konnte wie bisher. Insbesondere deshalb, weil ich schon viel zu weit gegangen war, um wieder umzukehren und weil sie meine Freundin war, willigte ich ein und ließ mich blindlings auf einen weiteren Versuch ein, jedoch nicht, ohne vorab die geistige Welt um ihre Meinung zu fragen.

Ich meditiere und möchte dabei wissen, ob ich Petra begleiten soll, als ich plötzlich das Bild eines kleinen Vogelnests vor meinem inneren Auge wahrnehme, in dem sich drei bunte Eier befinden. „Das verstehe ich nicht!", entgegne ich, als mir das Nest unverzüglich in die Hände gelegt wird. „Du wirst einem jeden davon dabei helfen zu wachsen, zu gedeihen und zu schlüpfen", gibt man mir zu verstehen. „Und wer ist der Dritte im Bunde?", frage ich irritiert und warte vergeblich auf eine Antwort.

Es war meine Aufgabe, mein Auftrag, Petra dabei zu unterstützen ihren verstorbenen Mann wiederzusehen und weil sich nicht nur ihr Hochzeitstag in großen Schritten näherte, sondern auch ihr Geburtstag in Reichweite rückte, beschloss ich, alles dafür zu tun, um sie dabei zu unterstützen, ihr Ziel zu erreichen. Wir hatten exakt einen Monat, denn genau so lange würden wir benötigen, um uns bestmöglich vorzubereiten. Auf unsere Reise ins Jenseits und das, was uns dort erwarten würde. Während Petra sich, mit meiner Unterstützung, darum bemühte ihre Traumerinnerung zu steigern, verfolgte ich aufs Neue das Ziel, sie nachts aus ihrem physischen Körper zu ziehen, um ihr zu beweisen, dass ihr Mann alles andere als verschwunden, sondern nach wie vor an ihrer Seite war.

Ich starte gegen vier Uhr mit meinen Entspannungsübungen, als ich nach einer knappen halben Stunde sanft in einen tieferen Bewusstseinszustand hinübergleite. Dabei gelingt es mir problemlos, meinen Astralkörper zu aktivieren und innerhalb kürzester Zeit entschwebe ich meines physischen Körpers. Im zweiten Schritt fokussiere ich meine Gedanken auf meine heutige Absicht, nämlich Petra abzuholen. Einen rasanten Ortswechsel später finde ich mich auch schon an ihrem Bettrand wieder. Doch von meiner Freundin ist weit und breit keine Spur und abgesehen von einer aufgewühlten Bettdecke ist nichts zu sehen. Irritiert kehre ich in meinen physischen Körper zurück, nicht ohne mich dabei zu fragen, ob ich nicht doch mein Ziel aus irgendeinem Grund verfehlt habe.

Kurz nach halb sieben meldete ich mich bei Petra, denn wir hatten vereinbart uns jeden Morgen auszutauschen und ich brannte darauf zu erfahren, was heute Nacht bei ihr los war. „Guten Morgen, liebe Anika", antwortete Petra unverzüglich. „Die heutige Nacht war dermaßen unruhig, dass ich mich kurzerhand gegen fünf Uhr dazu entschlossen habe aufzustehen. Noch dazu kann ich mich heute an keinen einzigen Traum erinnern." Jetzt wurde mir so einiges klar und ich ahnte, weshalb es mir nicht gelungen war, Petra abzuholen. Wir mussten einander knapp verpasst haben und wäre meine Freundin auch nur eine halbe Stunde später aufgestanden, so hätte ich sie mit hoher Wahrscheinlichkeit noch in ihrem Bett angetroffen. „Ach Mist, das darf doch wohl nicht wahr sein!", ärgerte sich diese und wirkte sichtlich enttäuscht. „Können wir es heute Nacht gleich wieder versuchen?" Ich konnte ihren Frust nur allzu gut nachvollziehen, schließlich ging es darum, endlich ihren Mann wiederzusehen. Doch genauso wie bei Julian ging es auch dieses Mal darum, Geduld zu bewahren und keinesfalls aufzugeben. „Selbstverständlich werden wir es heute Nacht wieder versuchen", versicherte ich Petra. „Uns steht ein ganzer Monat zur Verfügung. Mach dir deshalb bitte keine Gedanken. Alles kommt zur richtigen Zeit."

Bis dass der Tod euch scheidet

Bereits zweimal war ich, während der Nacht, bei Petra aufgetaucht. Beim ersten Mal hatte ich ihr, zusammen mit meinem Sohn, einen kurzen Besuch abgestattet, lange bevor sie selbst den Wunsch dazu geäußert hatte meine Begleitung in Anspruch zu nehmen. Zwar konnte ich mich kein bisschen daran erinnern, aber ich vertraute Petra voll und ganz und stellte ihr Erleben in keinster Weise in Frage. Das andere Mal hatten wir uns allem Anschein nach knapp verpasst und ich hatte statt meiner Freundin ein leeres Bett vorgefunden. Offensichtlich war das richtige Timing von entscheidender Bedeutung und möglicherweise sollte es in jener Nacht auch gar nicht anders kommen. Ebenso wie bei Julian stellte ich mich auch bei Petra darauf ein, mit etlichen Herausforderungen konfrontiert zu werden und doch stellten sich meine Befürchtungen bereits wenige Tage später als vollkommen unbegründet heraus.

„Guten Morgen liebe Anika! Ich kann es noch gar nicht so recht in Worte fassen. Die vergangene Nacht war so was von unglaublich. Mit einem Mal hat alles um mich herum zu vibrieren begonnen und ich hab ein deutliches Ziehen gespürt, als plötzlich du, zusammen mit meinem Erwin an deiner Seite, aufgetaucht bist. Ich war bereits zur Hälfte draußen und hab dir zu verstehen gegeben weiterzumachen, als ich plötzlich wieder in meinen physischen Körper zurückgeschnellt bin."

Was Petra in dieser Nacht erlebt hat, war absolut wesensverändernd. Zwar war sie ihrem Mann lediglich einen kurzen Augenblick lang begegnet, dennoch reichte das vollkommen aus, um ihr zu bestätigen, dass es so etwas wie ein Leben nach dem Tod gibt. „Ich habe einen regelrechten Energieschauer dabei gespürt!", erzählte Petra und war immer noch ganz aus dem Häuschen. „Das liegt an dem körpereigenen DMT, das automatisch während einer Astralreise ausgeschüttet wird", erklärte ich meiner Freundin „dadurch erhältst du Unmengen an Energie." Darüber hinaus hatte Petra davon berichtet, ein lautstarkes Dröhnen sowie ein deutliches Ziehen wahrgenommen zu haben, was beides deutliche Anzeichen dafür waren, dass ihr Astralkörper dazu bereit war, sich loszulösen. Hochmotiviert weiterzumachen, kam ich dennoch nicht drumherum, mir die Frage zu stellen, weshalb mir nichts von alledem im Gedächtnis geblieben war. Offensichtlich war auch bei meiner Traumerinnerung noch Luft nach oben, was mich dazu veranlasste, meine Bemühungen zu intensivieren. Dennoch freute mich riesig für Petra, immerhin wusste ich wie lange sie diesen Moment herbeigesehnt hatte. Innerhalb weniger Tage hatten wir den ersten Erfolg zu verzeichnen und um ehrlich zu sein, war ich darüber mehr als überrascht. Etliche Tage vergingen, ohne dass sich auch nur irgendetwas tat und doch gaben Petra und ich nicht auf, sondern verabredeten uns jeden Abend voller Vorfreude aufs Neue für die kommende Nacht.

„Ich hoffe, ich kann heute Nacht gut schlafen", schreibt Petra. „Nicht, dass ich unser Treffen wieder verpasse." Ich versuche sie zu beruhigen und gebe ihr zu verstehen, dass wir mit jeder weiteren Erfahrung, ganz gleich ob positiver oder negativer Natur, dazulernen. „Ich werd dich so lange rausziehen, bis es klappt! Wir sehen uns später", beende ich meine Nachricht und stimme mich mit einer Meditation auf die kommende Nacht ein. Alles klappt wie am Schnürchen. Meine Schlafunterbrechung verläuft nahezu perfekt und kurze Zeit später gelingt es mir auch schon, eine Ake einzuleiten. Ohne auch nur eine Sekunde lang darüber nachzudenken, mache ich mich auf zu Petra und finde mich abermals in ihrem Schlafzimmer wieder. Noch schläft sie tief und fest und ahnt nichts von meinem Besuch, als ich mit beiden Händen an ihren Beinen ziehe. Unverzüglich nehme ich ihren Energiekörper wahr, der regelrecht an mir vorbeischnellt. „Nein, bitte nicht!", wimmert dieser angstvoll und versucht gleichzeitig mit aller Kraft in sein physisches Pendant zurückzukehren. Anstatt sich über den geglückten Austritt zu freuen, klammert sich Petra panisch an ihren physischen Körper und lässt sich durch keines meiner Worte beruhigen. Im Nu ist sie auch schon wieder hineingeschlüpft und lässt mich ratlos zurück. „Sie ist noch nicht so weit!", erklärt eine weibliche Stimme ganz in der Nähe. „Sie hat doch erst damit begonnen, sich mit alledem auseinanderzusetzen."

„Oh, ich könnte mich ohrfeigen!", stöhnte Petra, als ich ihr tags darauf amüsiert von den Ereignissen der vergangenen Nacht berichtete. Während sie sich maßlos über sich selbst ärgerte, fand ich ihre Reaktion auf den Austritt äußerst spannend. „Waren es irgendwelche unbewussten Ängste gewesen, die ihr in die Quere gekommen waren?", grübelte ich. „Und wie lange würde es wohl dauern, ehe sie dazu bereit sein würde?" Auch ich hatte damals mit einer ganzen Menge an unbewussten sowie bewussten Ängsten zu kämpfen, die es nach und nach zu bewältigen galt. „Ach weißt du was, wir versuchen es gleich heute Nacht noch einmal", entschied ich kurzerhand, nicht ohne mich dabei zu fragen, welche Entwicklung unsere Versuche noch nehmen würden.

Die Stimmung, bevor der Mond aufgeht

Ich war damals knapp zehn Jahre alt und gerade zusammen mit meiner Zwillingsschwester in das Gymnasium in die nächstgelegene Stadt gewechselt, als ich dort dieses Mädchen kennenlernte. Sie hieß Katharina, wohnte ganz in der Nähe und schon bald wurden wir drei die allerbesten Freundinnen. Auf den ersten Blick schien Katharina ein in sich gekehrtes, ruhiges und schüchternes Mädchen zu sein, das sich im Klassenzimmer nur selten traute, seine Meinung zu sagen und auch ansonsten kaum viele Freunde hatte. Sie war bildhübsch und, wenn du mich fragst, hatte sie damals keine Ahnung davon, wie schön sie eigentlich war. Ihre großen rehbraunen Augen verliehen ihr, zusammen mit der makellosen schneeweißen Haut, diese gewisse Art kindlicher Unschuld, die sich mit nichts anderem vergleichen lässt. Trotz ihres jungen Alters hatte ich stets den Eindruck, als wäre sie auf irgendeine Weise in eine dicke unsichtbare Wolke, bestehend aus Traurigkeit und Wehmut, gehüllt. Möglicherweise lag es an ihrer zarten Gestalt, oder aber an ihrem Vater, der sie jahrelang, still und heimlich in den eigenen vier Wänden, hinter verschlossenen Türen, regelmäßig missbrauchte. Meine Schwester und ich haben sie an diesem Ort, der zugegebenermaßen, auf den ersten Blick etwas heruntergekommen wirkte, sehr oft besucht und dort wunderschöne Nachmittage verbracht. Ihren Vater habe ich als netten Typ in Erinnerung, der die meiste Zeit über vorm PC verbracht und dabei seine langen dunklen Haare zu einem Pferdeschwanz zusammengebunden hatte. Erst Jahre später stellte sich heraus, dass dieser Ort für Katharina in Wahrheit die Hölle selbst gewesen sein musste. Leider kann ich mich nicht mehr gut daran erinnern, unter welchen Umständen die ganze Sache ans Tageslicht gekommen ist, denn es ist schon eine Weile her und ich war damals noch ein Kind. Während meine Schwester und ich eine relativ unbekümmerte Kindheit verbracht hatten, entpuppten sich Katharinas Kindheitstage als das komplette Gegenteil und prägten sie für ihr ganzes restliches Leben. Als der jahrelange Missbrauch aufflog, war das Entsetzen meiner Eltern sowie auch in der Schule groß, insbesondere deshalb, weil Katharina und ihr Vater nicht alleine an diesem Ort gewohnt hatten. Gleich nachdem man ihn dem Gefängnis überstellt hatte, zog meine Freundin, zusammen mit ihrer Mutter und ihrer älteren Schwester, die seit einer gefühlten Ewigkeit unter einer schweren Essstörung litt, in eine nette kleine Wohnung ganz in der Nähe der Schule.

Einige Jahre vergingen und je älter meine Freundin wurde, umso mehr veränderte sie sich und aus dem schüchternen kleinen Mädchen wurde eine rebellische junge Frau, die vergeblich danach suchte sich selbst zu spüren. Während sich ihre Schwester weiterhin in der Anorexie verlor, versuchte Katharina verzweifelt die Geschehnisse der Vergangenheit zu bewältigen. Dabei schien ihr jedes Mittel Recht zu sein und nach zahlreichen Therapien, Aufenthalten in psychiatrischen Kliniken, einem gescheiterten Selbstmordversuch und unzähligen seelischen sowie sichtbaren Narben später, zerbrach nach und nach unsere Freundschaft. Der permanente Missbrauch hatte deutliche Spuren hinterlassen. Spuren, die sie nicht nur ihrer Unschuld und Kindheit sondern auch ihrer Lebensfreude beraubt hatten. Ich hatte noch nicht mal einen Jungen geküsst, als sie sich einem schnellen Abenteuer nach dem nächsten hingab und auf diese Art und Weise immer extremere Verhaltenszüge an den Tag legte. Während ich mit meinen eigenen Problemen zu kämpfen hatte, wurde aus dem ursprünglichen Dreiergespann ein Duo und ich zur Einzelgängerin. Letztendlich fand ich in dieser Freundschaft keinen Halt mehr und hatte, um ehrlich zu sein, gegen meine eigenen inneren Dämonen anzukämpfen. Zweifellos hatte sie in den letzten Jahren unseres Beisammenseins jede Menge Alkohol konsumiert, um ihren Schmerz zu ertränken und als sie sich letztendlich auch noch in meine Schwester verliebte, schien das Drama perfekt zu sein. Das Ganze gipfelte in einem gescheiterten Selbstmordversuch, der Katharina kurzerhand in die Psychiatrie verfrachtete und gleichzeitig aus meinem Leben. Sie erholte sich nie wieder davon, zumindest machte es nicht den Anschein, doch in Gedanken war ich sehr oft bei ihr und fragte mich, was wohl aus ihr geworden ist. Eine Weile lang tauschten wir uns noch per Mail aus, denn sie war in einer betreuten Wohngruppe untergekommen und setzte dort ihre Suche nach dem, was sie in ihrer Kindheit verloren hatte, energisch fort. Dabei stürzte sie sich blindlings von einer Beziehung in die Nächste, nur um das Gefühl zu haben, geliebt und gebraucht zu werden. Irgendwann verstummte unser Kontakt und ich hörte gar nichts mehr von ihr, bis mich eines Tages, ich stand kurz vor der Matura, die Nachricht erreichte, dass sie sich das Leben genommen hatte. Dieses Mal war sie erfolgreich gewesen und dennoch hinterließ sie eine riesengroße Lücke, die durch nichts und niemandem zu füllen war. Obwohl wir uns in den letzten Jahren ihres Lebens aus den Augen verloren haben, hat sie immer noch diesen besonderen Platz in meinem Herzen und ich hoffe für sie, dass sie letztendlich ihren Frieden gefunden hat. Das Ganze ist mehr als zehn Jahre her und dennoch besucht sie mich bis heute regelmäßig in meinen Träumen, um mir mit Rat und Tat in kniffligen Situationen zur Seite zu stehen. Früher dachte ich, es wäre Zufall, doch heute weiß ich, dass sie einfach einen weiteren Weg gefunden hat, zu mir hindurchzudringen. Manchmal wenn ich morgens aufwache und mich an eine Begegnung mit ihr erinnern kann, fühle ich ganz deutlich, dass es ihr nun gut geht, dort wo sie nun ist. Dabei ist dieses Gefühl stets von ein bisschen Wehmut begleitet und dem Wissen, dass ihr kurzes Leben keineswegs umsonst gewesen ist. Fast schon so, wie wenn man gen Himmel schaut und sehnsüchtig darauf wartet, dass der Mond sich auftut und den Nachthimmel mit seinem Antlitz zum Erleuchten bringt, bis er sich früh Morgens verabschiedet um abends darauf wiederzukehren. So hinterlässt auch Katharina etwas, das sich in Worte schwer fassen lässt und doch so etwas wie tiefe Dankbarkeit darstellt. Für den Zauber des Augenblicks und die Vergänglichkeit des Lebens. Bis wir uns eines Tages wiedersehen.

Ein jeder Weg

Nacht um Nacht verging, ohne dass Petra und ich abermals Erfolg haben sollten. Mittlerweile war es eine gute Woche her, seitdem sie ihrem Mann begegnet war und die Ungeduld wuchs auf beiderlei Seiten. „Ich würde Erwin so gerne noch einmal sehen", erhoffte sie sich. Angespornt durch den raschen Erfolg hatte sie Blut geleckt und konnte es kaum erwarten ihn abermals zu treffen. Selbstverständlich wollte sie mehr. Mehr Zeit, mehr Erfahrungen, mehr von ihrem Erwin. Wartet man auf etwas, so kann sich eine Woche leicht wie eine gefühlte Ewigkeit anfühlen. Zeit ist relativ und so war es auch in Petras Fall. Es ist niemals genug und das wird es auch nie sein. Man kann den Menschen, den man verloren hat, nicht einfach wieder zurückholen und so tun, als wäre er niemals fort gewesen.

Astralreisen machen das Unmögliche möglich und doch können sie den Tod nicht einfach so ausradieren. Ganz gleich wie oft ich auch mit Julian dieses Gedankenspiel spielte und mir dabei wünschte, die Zeit zurückdrehen zu können, letzten Endes blieb das Kinderzimmer nebenan leer, so sehr wir uns auch Gegenteiliges erhofften. Am Ende mussten wir wieder in die Realität zurückkehren und lernen, mit dem Verlust umzugehen. Trotzdem verstand ich, worauf Petra hinauswollte. „Du möchtest ihn in den Arm nehmen und Zeit mit ihm verbringen, hab ich Recht?", fragte ich, obwohl ich die Antwort darauf bereits kannte. Niemand konnte mit Sicherheit sagen was die geistige Welt für uns noch parat hielt und doch wollte ich alles in meiner

Macht stehende tun, um Petra mehr Zeit mit ihrem Mann zu verschaffen.

Ich bleibe von halb eins bis halb zwei munter und schreibe akribisch meine Affirmationen, doch meine Schlafunterbrechung zeigt keinerlei Wirkung, weshalb ich mich gegen drei Uhr kurzerhand dazu entschließe, eine weitere Wachphase einzulegen. Mit Erfolg! Rasch bin ich außerkörperlich und mache mich unverzüglich auf zu Petra. Schon stehe ich vor ihrem Bett und ziehe kräftig an einem ihrer Beine. Doch nichts tut sich, weshalb ich meine Bemühungen verdreifache. Ohne jeden Erfolg. Ein letztes Mal ziehe ich mit aller Kraft, als es schließlich doch noch klappt. Wir wechseln ein paar Worte, ehe meine Freundin wieder in ihr physisches Ich zurückkehrt.

Ich erinnere mich noch gut daran, denn es war ihr Hochzeitstag und noch dazu Erwins Geburtstag. Petra hatte sich dazu entschlossen die Tage mit einer Freundin in einem Wellnesshotel zu verbringen, um sich ein wenig abzulenken und den Sorgen des Alltags zu entfliehen. Doch die Trauer fand sie auch dort und fiel gnadenlos über sie her. Ihre Sehnsucht nach Erwin wuchs ins Unermessliche und ich konnte deutlich spüren, wie verzweifelt sie war. Dennoch hatte sie keinerlei Erinnerung daran, dass wir einander in der vergangenen Nacht begegnet waren, was sie noch trauriger werden ließ. Aus irgendeinem Grund war es für mich dieses Mal weitaus schwieriger gewesen und ich suchte nach einer Erklärung dafür. „Hatte ich einen wesentlichen

Fehler begangen oder lag es an Petra, dass es dieses Mal so lange gedauert hatte?", überlegte ich. Dabei konnte ich lediglich Vermutungen anstellen. Möglicherweise lag es an der Entfernung, was ich jedoch rasch abtat, denn im Zustand der Außenkörperlichkeit ist keine Distanz zu groß und kein Ziel zu weit. Oder lag es vielmehr an Petras Alkoholkonsum am Abend zuvor. Ich wusste, dass die Aufnahme von Alkohol, Nikotin sowie derlei anderen Substanzen, Astralreisen durchaus erschweren konnten. Natürlich machte ich ihr keinen Vorwurf, denn ihr Hochzeitstag musste alles andere als einfach für sie gewesen sein. Ganz gleich auch, was es gewesen war, wir würden weitermachen und ich nahm mir fest vor, alle wesentlichen Faktoren, die sich für unser Vorhaben als hinderlich erweisen könnten, im Auge zu behalten. Ich wusste, eines Nachts würde sie abermals ihrem Mann begegnen und dabei eine wunderschöne Astralreise erleben.

Heute Nacht begebe ich mich zusammen mit Julian und Phillip auf einen Trip ins Jenseits, denn wir wollen ein weiteres Mal Luna besuchen. Sie erwartet uns bereits und küsst zur Begrüßung jeden von uns überschwänglich. „Wie oft mir schon gesagt wurde, man soll die Toten ruhen lassen und nicht stören", kommt mir dabei in den Sinn. „Dabei freuen die sich mindestens genauso wie wir darüber, einander zu sehen." Ich sehe den Kindern beim Spielen zu, als mir klar wird, wie wichtig es für Julian und Phillip ist, über ihre wahre Herkunft Bescheid zu wissen. Sie sollen niemals vergessen, woher sie kommen und in dem Wissen aufwachsen, dass wir stets mit der anderen Seite verbunden sind.

Weitere zwei Tage vergehen und allmählich tauchen erste Zweifel bei mir auf. „Werden wir es noch einmal schaffen, Erwin zu treffen oder soll es das schon gewesen sein?", fragte ich die geistige Welt während einer Meditation um Rat. Absoluter Stillstand trat ein und aus irgendeinem Grund hatte ich das Gefühl, dass wir bei jedem unserer Versuche von unseren geistigen Helfern auf Schritt und Tritt genauestens beobachtet wurden. „Geduld ist angesagt, liebe Petra!", leitete ich meiner Freundin weiter, „Die wollen sehen, ob wir unter derart widrigen Umständen aufgeben oder weitermachen." Auch wenn wir allem Anschein nach keine Fortschritte zu verzeichnen hatten, so hieß das noch lange nicht, dass sich nichts tat. Manchmal sind die Schritte, die wir nehmen, dermaßen klein, dass wir sie erst rückblickend wahrnehmen und den Sinn hinter alledem erkennen können. In unserem Fall hieß es dranzubleiben und zu beweisen, dass wir alles dafür tun wollten, um unser Ziel zu erreichen.

Eine fürchterliche Nacht liegt hinter mir. Ich habe kaum ein Auge zugemacht und bin auch den restlichen Tag über hundemüde. Eines meiner Kinder ist krank und musste sich die halbe Nacht lang übergeben. Wenige Stunden später beginnt auch Phillip zu kränkeln und erbricht sich mehrere Male im Schlafzimmer. In dieser Nacht soll ich aus einem ganz anderem Grund wach bleiben und statt mich in ein Abenteuer nach dem nächsten zu stürzen kümmere ich mich besorgt um meine kranken Kinder.

Zwei Tage später habe auch ich mich angesteckt und schleppe mich mit aller Kraft und in Begleitung stechender Schmerzen Richtung Toilette. Die Übelkeit hatte mich direkt während meiner nächtlichen Schlafunterbrechung überrascht und in Folge dessen war an Schlafen nicht mehr zu denken. Mit Schmerzen, die meinen gesamten Körper ausfüllten, quälte ich mich zurück ins Wohnzimmer und hatte dabei gegen massive Kreislaufprobleme anzukämpfen. Keine Ahnung wie, aber irgendwie hatte ich es letztendlich doch noch geschafft, mich auf die Couch zu hieven und mich zuzudecken. Unter starkem Schüttelfrost begann ich damit, meine Affirmationen vorzusagen, denn eine Nacht auszusetzen kam einfach nicht in Frage. Doch die Schmerzen hinderten mich daran, wieder einzuschlafen. Es musste zwischen fünf und sechs Uhr gewesen sein, als ich vor lauter Erschöpfung weggenickt bin um kurze Zeit später abermals, begleitet von starken Bauchkrämpfen, aus dem Schlaf gerissen zu werden.

Während ich darüber nachdachte, wie um alles in der Welt ich den kommenden Tag bewältigen sollte, tauchten wie aus dem Nichts gestochen scharfe Bilder vor meinem inneren Auge auf, die ein Liebespaar zeigten, das mir alles andere als fremd war. „Petra hat vergangene Nacht Erwin getroffen!", kam mir dabei unverzüglich in den Sinn und ich tauchte voll und ganz in die Kommunikation mit der anderen Seite ein. Im nächsten Augenblick zeigte sich auch schon das Bild eines Mannes. „Zweifellos handelt es sich dabei um Erwin", stellte ich erstaunt fest und musste zugeben, dass er absolut umwerfend aussah. Das Tolle am Tod ist, das wir nicht länger irgendwelchen irdischen Gesetzen unterliegen, sondern jede x-beliebige Gestalt und Form annehmen können. Aus diesem Grund überraschte es mich kaum, dass sich mir Petras Mann wesentlich strahlender zeigte als er zu Lebzeiten gewesen ist. „Alles Liebe zum Geburtstag!", gab er mir zu verstehen und ich wusste sofort, diese Botschaft war für seine Frau bestimmt, die in wenigen Tagen sechzig Jahre alt werden würde. Unverzüglich leitete ich meiner Freundin die Grüße weiter und doch blieb nach wie vor ein riesengroßes Fragezeichen übrig. Falls Petra ihren Erwin vergangene Nacht tatsächlich getroffen hatte, warum wusste sie nichts davon und wie war es überhaupt dazu gekommen. Abermals beschlich mich das Gefühl, dass wir möglicherweise weitaus öfter unseren Verstorbenen begegnen, ohne dass wir uns daran erinnern können. Frustriert hielt ich meine Erlebnisse in meinem Traumtagebuch fest und beendete den heutigen Eintrag mit folgenden Worten: „Soll ich das alles wirklich tun oder habe ich mich in etwas verrannt?" Immerhin bestand durchaus die Möglichkeit, dass ich mir die ganze Zeit über etwas vorgemacht hatte und der Moment gekommen war, mit alledem aufzuhören.

Ich machte meine Augen zu, atmete dreimal tief durch die Nase ein und den Mund wieder aus und trat unmittelbar danach mit der geistigen Welt in Verbindung, um zu erfahren, welcher denn nun der richtige Weg für mich war. Unverzüglich erhielt ich eine Antwort, die wie folgt lautete.

Jeder Weg ist nur ein Weg und es ist kein Verstoß gegen sich selbst oder andere, ihn aufzugeben, wenn dein Herz es dir befiehlt. Sieh dir jeden Weg scharf und genau an. Versuche ihn so oft wie nötig. Dann frage dich, nur dich allein ... . Ist es ein Weg mit Herz? Wenn ja, dann ist es ein guter Weg. Wenn nicht, ist er nutzlos.

Ins Leben zurück

Mindestens einmal im Leben sind wir damit konfrontiert und spätestens dann, wenn unser eigenes Lebensende in Reichweite rückt, kommen wir nicht mehr länger drumherum, uns Gedanken über den Tod zu machen. Dabei kann alles auch ganz anders kommen und wir müssen uns früher als gedacht mit unseren ureigenen Ängsten vor dem Sterben auseinanderzusetzen, oder besser gesagt, der Angst davor, ob etwas bzw. was danach kommen mag. Manchen Menschen ist damit gedient, an die Endgültigkeit des Todes zu glauben, anderen wiederum bereitet der Gedanke daran einfach so aufzuhören, zu existieren jede Menge Unbehagen. Der Glaube an ein Weiterleben nach dem Tod ist so alt wie die Menschheit selbst und zieht sich wie der sprichwörtliche rote Faden durch sämtliche Religionen. Dabei spielt es keine Rolle zu welchem Gott man betet, wichtig ist dabei nur, dass es danach weiter geht, ganz gleich wie.

Mein Leben lang habe ich mich gefragt, was denn nun die Wahrheit ist, woran ich glauben soll und nun, im zarten Alter von fünfunddreißig Jahren, glaube ich, sie endlich gefunden zu haben. Was mir zuteil wurde ist ein ungeheuerliches Geschenk. Wissen ist Macht und kann durch nichts ersetzt werden. Nun möchte ich dieses Wissen weitergeben und ein Stück weit dazu beitragen Licht und Heilung in die Welt zu tragen, genauso wie es mir für dieses Leben hier auf Erden aufgetragen wurde. Ich bin bereit mich meiner Aufgabe zu stellen und möchte aus ganzem Herzen dieser höheren

Sache dienen. Den Menschen nicht mehr nur länger von meinen Erfahrungen erzählen und ihnen von der Schönheit der geistigen Welt berichten, sondern sie vielmehr dazu befähigen, selbst zu erfahren, was tatsächlich ist. Schon seit geraumer Zeit denke ich darüber nach, wie es wäre, eine gänzlich neue Art der Trauerbewältigung ins Leben zu rufen. Eine, die die Menschen nicht dazu drängt, voneinander Abschied zu nehmen, sondern vielmehr dazu ermutigt, genauer hinzusehen, um festzustellen, dass Lebewohl zu sagen keineswegs notwendig ist. Wieso hatte man mir dieses Geschenk gemacht, wenn nicht aus eben dem Grund, es zu teilen und zur Heilung anderer beizutragen. Zu erfahren, dass es dem eigenen Kind, dem verloren geglaubten Partner, gut geht, die Möglichkeit zu besitzen, sich selbst davon zu überzeugen, das stellt alles bisher Dagewesene in den Schatten. Die Möglichkeit, seine Lieben noch einmal in den Arm zu nehmen und ihnen mitzuteilen, was schon lange auf der eigenen Seele lastet, ist und bleibt unbezahlbar. Doch nicht nur außerkörperliche Erfahrungen machen es möglich Verstorbene wiederzusehen, auch luzide Träume eignen sich hervorragend dafür, sich vom Wohl derer, die bereits gegangen sind, zu überzeugen. Sie erhalten dadurch die einzigartige Chance, den Kontakt miteinander – über den Tod hinaus - fortzusetzen und ich frage mich, weshalb nicht mehr Menschen ihren Nutzen daraus ziehen und davon Gebrauch machen. Möglicherweise sind sie sich darüber nicht im Klaren, zumindest noch nicht. Ich möchte ihnen helfen und einen Weg aus der Trauer aufzeigen, der alles bisher Dagewesene in den Schatten stellt, einmal mehr Grenzen überschreiten und einen sicheren Weg ins Leben zurück weisen.

Einen Gedanken weit weg

Irgendwann gelangten Petra und ich an einen Punkt, an dem wir nicht mehr länger auf normalem Wege miteinander kommunizieren mussten. Was ich zu Beginn als reine Einbildung abgetan hatte, entpuppte sich nach und nach als eine Art Telepathie, die es uns ermöglichte, Gedanken über weite Entfernungen hinweg auszutauschen. Ich hatte keine Ahnung, was der konkrete Auslöser für dieses Phänomen war und doch faszinierte es mich ungemein. Eventuell lag es daran, dass wir uns jeden Abend darauf einstellten, einander zu begegnen und das dann auf gewisse Art und Weise auch taten. Alles begann damit, dass ich während einer meiner Meditationen, ohne auch nur eine Sekunde lang daran gedacht zu haben, Petras Stimme in meinem Kopf hörte. Zunächst einmal war es einzelne Wörter, die sich aneinander reihten, etwas später dann ganze Sätze, die mich erreichten. „Liebe Petra, du denkst zu viel", schrieb ich meiner Freundin tags darauf, "kannst du bitte damit aufhören?"

Beinahe die ganze Nacht über unterhalte ich mich mit Petra und habe dabei den Eindruck, als wären wir durch ein unsichtbares Band, das ich aktuell noch nicht zur Gänze begreifen kann, miteinander verbunden. Fast wirkt es so, als wäre meine Freundin lediglich einen Gedanken weit von mir weg. Unsere Fähigkeiten sind gewachsen und gestatten uns einen regen Austausch miteinander, der einfach unbezahlbar ist.

Ich konnte es mir nicht erklären und doch ließ mich der Gedanke daran nicht los, dass diese Form der Kommunikation möglicherweise schon seit jeher in uns Menschen schlummert. Hatten wir uns mittlerweile schon so weit von der Quelle allen Ursprungs entfernt, sodass wir schlichtweg verlernt hatten, auf diese natürliche Art und Weise miteinander zu kommunizieren? Immerhin funktionierte auch die Kommunikation mit der geistigen Welt mittels Gedankenübertragung und auch während meiner Astralreisen wusste jeder, dem ich begegnete, haargenau über meine Gedanken Bescheid, ohne dass ich sie aussprechen musste. Ebenso war es möglich, mich mittels einfacher gedanklicher Befehle, in den jenseitigen Ebenen fortzubewegen, Ziele anzusteuern sowie für die notwendige Stabilität meiner Erlebnisse zu sorgen. „Sollte es sich dabei tatsächlich um eine Form von Telepathie handeln, welche verborgenen Fähigkeiten schlummern dann noch in uns, von denen wir nichts wissen?", fragte ich mich und hielt sämtliche Beobachtungen akribisch in meinem Traumtagebuch fest.

Ich bleibe von vier bis fünf Uhr wach und lege mich, nachdem ich ganze drei Seiten Papier mit meiner Affirmation vollgeschrieben habe, erneut auf die Couch. Kurze Zeit später werde ich luzid und ich mache mich schleunigst auf zu meiner Freundin. Doch statt Petra finde ich eine mir unbekannte blonde Frau vor, die mir vergnügt mitteilt, dass sie sich soeben dazu entschieden hat, heute etwas Roséfarbenes zu tragen. Keine einzige Sekunde lang scheint sie sich Gedanken darüber zu machen, wer ich bin und woher ich gekommen bin, während ich mich wiederum anstrengt darum bemühe herauszufinden, woher wir uns kennen und was sie in der Wohnung meiner Freundin verloren hat. Während mir die Fremde stolz ihr heutiges Outfit präsentiert, nutze ich die Gelegenheit um mich genauer umzusehen und stelle dabei fest, dass wir uns in einem hell möblierten Raum befinden, der regelrecht aus seinem Inneren heraus zu strahlen beginnt. Kurze Zeit später verlangt auch schon mein physischer Körper nach meiner Rückkehr und ich wache irritiert auf der Wohnzimmercouch auf.

Die Tage vergingen wie im Flug und im Nu stand Petras sechzigster Geburtstag vor der Tür, doch anstatt sich über dieses besondere Ereignis zu freuen war sie erneut kurz davor, an den Folgen ihres Verlustes zu zerbrechen. „Vergangene Nacht hatte ich einen furchtbaren Alptraum und musste meinem Erwin aufs Neue beim Sterben zusehen. Das ist alles andere als fair, liebe Anika", klagte sie mir ihr Leid. Im selben Moment kam mir in den Sinn, dass ich mich glücklich schätzen sollte, meinen Mann gesund und munter an meiner Seite zu haben und das seit mittlerweile acht Jahren. Dennoch konnte ich gut nachvollziehen, wie sich Petra fühlen musste. Vor allem in dem Jahr nach Lunas Tod quälten mich haufenweise Alpträume, die mich am nächsten Morgen in ein riesengroßes Loch fallen ließen. Schlecht zu träumen ist ja die eine Sache, aber einen Verlust immer wieder aufs Neue durchleben zu müssen war wiederum etwas ganz anderes. Dennoch bin ich der Auffassung, dass vor allem Alpträume ihre Berechtigung haben und einen gewissen Nutzen nach sich ziehen. Sie helfen uns dabei zu heilen und mit einem Teil des Schmerzes abzuschließen, sofern wir uns darauf einlassen. Alpträume weisen uns ebenfalls darauf hin, welcher Aspekt unseres Selbst weiterer Zuwendung bedarf und was uns auf der Seele lastet, ganz gleich, ob es uns nun bewusst ist oder nicht. Nehmen wir Alpträume als eine Chance wahr, mehr über uns sowie unsere Innenwelt zu erfahren, dann besteht die Möglichkeit einen großen Schritt nach vorne zu machen, um aus der Trauer zurück ins Leben zu gelangen.

Ich liege seit einer guten Stunde regungslos auf der Couch, dabei fällt es mir sichtlich schwer wieder einzuschlafen, als plötzlich zwei Gestalten mitten im Türrahmen auftauchen. Erschrocken halte ich die Luft an und starre gebannt Richtung Tür, bis ich erkenne, dass es sich dabei um niemand geringeren als Julian handelt, dicht gefolgt von seiner Schwester Luna. „Was macht ihr denn hier?", möchte ich von den beiden wissen, als sie sich auch schon wieder in Luft auflösen und im Dunkel der Nacht verschwinden.

Uns blieb nicht mehr viel Zeit und allmählich verlor ich den Glauben daran, Petra dabei helfen zu können, ihren Mann wiederzusehen. Während diese mich zum wiederholten Mal darum bat, mich nicht allzu sehr unter Druck zu setzen, wuchsen meine eigenen Ansprüche ins Unermessliche, denn an dieser Aufgabe zu scheitern oder gar aufzugeben stellte keine Option für mich dar. Seitdem ich denken kann bin ich jemand, der sich selbst sehr viel abverlangt, weitaus mehr als von allen anderen. Während ich eine unglaubliche Geduld und Verständnis für mein Gegenüber aufbringen kann, scheint mein eigener innerer Kritiker gnadenlos zu sein. Dabei genügt es keineswegs lediglich gut in etwas zu sein, die Perfektion selbst ist das Ziel. Eine Einstellung, die mich nicht nur einmal in ernsthafte Schwierigkeiten hineinmanövriert hat, denn kein Mensch ist makellos und funktioniert einwandfrei. Mein Perfektionismus hatte nicht selten gesundheitliche Probleme zur Folge, die mich darauf hinwiesen, dass es an der Zeit war einen Gang runterzuschalten. In diesem Fall war es Petra, die mich wieder einmal auf den Boden der Tatsachen brachte. „Du hast vollkommen Recht", gestand ich und obwohl ich wusste, dass sie mit ihrer Einschätzung ins Schwarze getroffen hatte, war es für mich alles andere als einfach. Fehler zu machen ist etwas, dass das Menschsein mit sich bringt und vielleicht geht es im Leben genau darum. Fehler zu machen um daraus zu lernen und zu erkennen, dass man selbst alles andere als perfekt ist und das letzten Endes auch gar nicht sein muss.

Die Kraft der Kundalini

Ich träume und befinde mich im Wohnzimmer. Es ist Nacht und ich begebe mich Richtung Badezimmer, als ich feststelle, dass kein einziger Lichtschalter funktioniert. Ganz gleich, wie oft ich jeden auch betätige, rein gar nichts tut sich und es bleibt stockdunkel. Im selben Augenblick werde ich luzid und erlange innerhalb einer Sekunde vollständiges Bewusstsein. „Petra!", schießt es mir durch den Kopf. „Ich muss sofort zu ihr!" und ich schließe die Augen um meine Gedanken zu einer klaren Absicht zu bündeln. Doch rein gar nichts passiert. Aus irgendeinem Grund scheint meine Freundin komplett von mir abgeschirmt zu sein und ich habe das Gefühl, nicht zu ihr hindurchdringen zu können. „Seltsam", grüble ich und entschließe mich nach mehreren gescheiterten Versuchen schließlich dazu, die Gelegenheit zu nutzen um meine Tochter zu besuchen.

Einen Tag vor Sommersonnenwende versank Petra abermals in ein tiefes Loch und der Schmerz der Trauer überrollte sie so wie noch nie zuvor mit voller Wucht und Intensität. Wie eine riesige Welle brach sie über meiner Freundin zusammen und versetzte sie in eine Art Schockstarre, welche sie regelrecht handlungsunfähig werden ließ. „Keine Ahnung, warum ich auf einmal wieder so traurig bin", gestand Petra, "Irgendwie fühle ich mich wieder meilenweit nach hinten geworfen." Es war mehr als verständlich, dass sich Petra ihrer Trauer hingab und sich gestattete ihre Gefühle zu (er)leben, denn einen

Verlust zu betrauern ist nicht nur menschlich, sondern trägt auch ein Stück weit zur Heilung bei. „Ich kann dir deine Gefühle zwar nicht nehmen, aber was ich tun kann, ist für dich da zu sein", teilte ich ihr mit. „Immerhin könntest du schon bald deinen Mann wiedersehen und das bringt viele Emotionen zum Vorschein, auch die Unangenehmen." Allein schon der Gedanke daran, Erwin in absehbarer Zeit wieder in ihre Arme schließen zu können, hatte Petras Innenleben derart aufgewühlt, dass sie sich abermals mit der Tatsache konfrontiert sah, dass sie lebte und ihr Mann nicht. Ihr Energielevel war am Tiefpunkt angelangt, weshalb ich mich noch am selben Tag dazu entschied, ein Trance Healing für sie zu machen. Bei dieser Gelegenheit verbinde ich mich mit der geistigen Welt, um ihr als Kanal für heilende Energien zu dienen, die anschließend durch mich hindurch fließen. Was danach passiert obliegt der geistigen Welt, denn nur sie weiß, was gut und richtig für die betreffende Person ist. Manchmal ergeben sich dadurch die unglaublichsten Veränderungen und manchmal macht es den Anschein, als würde sich rein gar nichts tun, weil die eigentlichen Veränderungen vielmehr im Inneren stattfinden.

Während Petra mit ihrer Trauer zu kämpfen hatte, widmete ich mich weiterhin meiner eigenen Transformation. Immerhin galt es für mich den idealen körperlichen sowie geistigen Zustand zu erreichen, um das bestmögliche Ergebnis zu erzielen. Im Idealfall hieße das, möglichst viele außerkörperliche Erfahrungen pro Nacht zu erleben. Letztendlich hatte ich den Anspruch, eine zuverlässige Methode zu entwickeln, die es mir ermöglichte, mit absoluter Garantie Nacht für

Nacht eine Astralreise einzuleiten. Ich wollte jeden Faktor, jede Variable dieser unbekannten Gleichung identifizieren, um nicht mehr länger vom Zufall abhängig zu sein. Zusätzlich hatte ich es mir zur Gewohnheit gemacht, mein geistiges Team in regelmäßigen Abständen um Hilfe zu bitten und irgendwann kam mir in den Sinn, dass es durchaus von Vorteil sein könnte, auch Petras Helfer aus der geistigen Welt in unser Vorhaben miteinzubeziehen. Im Grunde genommen stellte es den nächsten wesentlichen Schritt dar, denn ebenso wie ich, hat genauso Petra ein ganzes Team von geistigen Wesen zur Seite, das sie in ihrem Leben begleitet sowie unterstützt. Nachdem ich nach und nach, auf Anraten der geistigen Welt hin, zunehmend mehr Lebensmittel von meinem Speiseplan gestrichen hatte, sollte es nicht lange dauern, bis auch schon der nächste Ratschlag folgte.

Es ist kurz nach Mittag und während die Kinder eine Runde schlafen, nutze ich die Zeit um zu meditieren und mein geistiges Team um weitere Tipps zu bitten. „Was wird mir dabei helfen, Erfolg zu haben?", möchte ich dabei wissen und ich warte etliche Minuten ehe ich eine Stimme ausmache, die zu mir spricht: „Es ist an der Zeit, dich mit Yoga zu befassen."

Offen gestanden, hatte ich mich bislang noch nie so wirklich mit diesem Thema auseinandergesetzt. Weder kannte ich jemanden, der Yoga praktizierte, noch hatte ich Interesse daran, es selbst zu tun und doch hatte mich die geistige Welt dazu aufgefordert. Auf der anderen Seite wusste ich, dass die geistige Welt keine Fehler macht und so würde sich gewiss auch dahinter ein Nutzen verbergen. Im Endeffekt hatte ich darum gebeten und mich dazu bereit erklärt einer höheren Sache dienen zu wollen sowie alles Notwendige dafür zu tun. Niemand hatte behauptet, dass es leicht sein würde und doch sah ich mich mit einer weiteren Herausforderung konfrontiert, vor allem deshalb, weil sich mein Interesse für Yoga bislang in Grenzen gehalten hatte. „Womit soll ich beginnen und was gilt es dabei zu beachten?", fragte ich mich und versuchte herauszufinden, für welchen Yoga Stil ich mich entscheiden sollte. Letztendlich war es mein Bauchgefühl, das mir den Weg wies und mich dazu brachte, mich dem Kundalini Yoga zuzuwenden. Diese Form von Yoga wird auch als Yoga des Bewusstseins bezeichnet und ist gleichzeitig von allen Arten die Spirituellste. Während andere darauf abzielen, die eigene Fitness zu stärken, beschäftigt man sich hier vor allem mit speziellen Atemtechniken und Mantras, die darauf abzielen die sogenannte Kundalini Energie im Menschen zu wecken. Doch am allerwichtigsten ist die richtige Grundhaltung einzunehmen und auf die eigenen Kräfte zu vertrauen, die uns innewohnen. Oberstes Ziel dabei ist es, diese besondere Kundalini Kraft zu aktivieren und durch sämtliche Chakren nach oben zu geleiten. Dadurch verbindet sie sich mit der kosmischen Seele und führt uns gleichzeitig zum höchstem Glück. Also tat ich wie mir geheißen und übte mich ab sofort täglich in Yoga. Was mir zu Beginn wie eine zusätzliche Last in meinem sonst so verplanten Alltag vorkam, entpuppte sich rasch als zusätzliche Energiequelle, die mir nicht nur zu einer besseren Intuition verhalf, sondern zusätzlich zu mehr innerem Frieden, Ruhe und Gelassenheit.

Ich träume und blicke auf die Finger meiner linken Hand, die mir außergewöhnlich dünn und lang vorkommen. Im Nu bin ich luzid und widme mich meiner Mission Petra abzuholen. Schon stehe ich vor ihrem Bett, doch aus irgendeinem Grund gelingt es mir nicht, sie aus dem Körper zu ziehen. „Bitte hilf mir!", bitte ich in Gedanken meinen Geistführer, als ich zu meiner Rechten eine Präsenz wahrnehme. „In diesem Fall gilt es, sanfte Energiearbeit zu leisten", vernehme ich seine Stimme und verstehe doch nur Bahnhof. Obwohl ich keine Ahnung davon habe, was genau ich tun soll, halte ich intuitiv beide Hände über den schlafenden Körper vor mir und spüre dabei überraschenderweise deutlich Petras äußere Schicht ihrer Aura. Vorsichtig taste ich mich daran entlang, bis es mir tatsächlich gelingt ihren Energiekörper zu lösen. Petra wirkt noch etwas benommen und trotzdem brauche ich sie nicht lange danach zu fragen, ob wir uns auf die Suche nach Erwin machen wollen. Sicherheitshalber nehme ich sie an der Hand und möchte mich gerade zum Abflug bereit machen, als ich plötzlich aus dem Augenwinkel eine Gestalt wahrnehme, die sich uns von der Seite nähert. Es handelt sich dabei um einen Mann, der sich uns als Magnus vorstellt. Wir verbringen eine ganze Weile miteinander und unterhalten uns über alles Mögliche, bis wir voneinander Abschied nehmen und wieder in unsere physischen Körpern zurückkehren.

Als ich Tags darauf meiner Freundin von der vergangenen Nacht berichtete, konnte sich diese wieder einmal an rein gar nichts davon erinnern und ich musste erkennen, dass die allergrößte Hürde bei der ganzen Sache nach wie vor Petras Traumerinnerung war. Obwohl sie sich bereits seit Wochen intensiv mit ihrer Erinnerungsfähigkeit auseinandersetzte, schien es an manchen Tagen ein reines Glücksspiel zu sein, vor dem selbst ich nicht gefeit war.

Wie gewohnt lege ich eine einstündige Schlafunterbrechung ein, ehe ich mich wieder auf die Couch lege. Ich halte mich dabei an denselben Ablauf wie immer und trotzdem wache ich Stunden später auf, ohne mich auch nur an einen einzigen Traum erinnern zu können, geschweige denn eine Astralreise erlebt zu haben. Frustriert drehe ich mich zur Seite, als ich Petras Stimme wahrnehme, die zu mir spricht: „Heute Nacht habe ich meinen Mann getroffen. Du hast mich aus dem Körper gezogen, weißt du nicht mehr?"

Obwohl es eigentlich noch viel zu früh dazu war, schrieb ich meiner Freundin kurzerhand eine Nachricht, denn schließlich wollte ich herausfinden, ob sie tatsächlich etwas in der vergangenen Nacht erlebt hatte. Innerhalb weniger Minuten antwortete sie: "Ich kann mich lediglich daran erinnern, dass Erwin heute Nacht bei mir war. Wie es dazu gekommen ist und was wir genau gemacht haben, kann ich dir jedoch nicht sagen." Genervt warf ich das Handy zur Seite, nicht ohne dabei einen Blick auf den Kalender zu werfen. Uns blieben lediglich ein paar Tage und allmählich lief uns die Zeit davon.

Ich gehe um halb zehn schlafen und wache um halb zwei Uhr Früh auf, ehe ich eine weitere Botschaft meines geistigen Teams erhalte."Trink vor dem Einschlafen ein Glas Wasser und du wirst dich zunehmend besser an deine Träume und Astralreisen erinnern können."

Die Uhr tickt

Mein Vater liegt im Sterben. Er tut es plötzlich, vor meinen Augen und ich kann rein gar nichts dagegen ausrichten. Meine Mutter bleibt zurück und hat sich in ihrem Innersten bereits von ihrem eigenen Leben verabschiedet. Meine Schwestern und ich versuchen sie irgendwie aufzubauen, ihr Halt zu geben und ich versichere ihr mehrmals, sie auf eine Reise ins Jenseits mitzunehmen, denn das ist momentan das Einzige, das ich für sie tun kann. „Du wirst ihn wieder sehen!", verspreche ich und erkenne in ihren Augen die Angst vorm Alleinsein. Gleichzeitig spüre ich das Einsetzen der Trauer, die auch vor mir nicht Halt macht. Trotz meiner Erfahrungen und dem Wissen, das ich mir im Laufe der Jahre angeeignet habe, fehlt er mir unglaublich.

Heute Morgen bin ich mit einem schrecklichen Gefühl aufgewacht, denn ich habe vom Tod meines Vaters geträumt. Was hatte dieser Traum zu bedeuten? Was wollte mir die geistige Welt damit sagen? Würde meinem Vater etwas zustoßen? Oder stellte dieser Traum lediglich ein Abbild meiner unbewussten Ängste dar, die vergangene Nacht zum Vorschein gekommen sind? Ich hatte nicht die leiseste Ahnung, was es damit auf sich hatte und zerbrach mir den ganzen restlichen Tag den Kopf darüber. Wie oft in meinem Leben hatte ich meinem Vater Unrecht getan und mich nicht für die wertvolle Unterstützung bedankt, die er meiner Familie in vielerlei Hinsicht zukommen ließ. Die kostbaren Stunden, die er seinen Enkelkindern gewidmet hatte. Das rigorose Verständnis, das er jedem Menschen entgegen gebracht hatte, der ihm in seinem Leben begegnet ist und ich kam nicht drumherum, mich zu fragen, wie viel Zeit uns miteinander noch bleiben würde. Im Endeffekt weiß niemand genau, wann es an der Zeit ist zu gehen. Vielleicht war mein Traum ein Blick in die Zukunft oder aber er sollte mir aufzeigen, dass das Leben viel zu kurz ist, um sich wegen Nichtig- bzw. Eitelkeiten in die Haare zu kriegen. Ich hoffte inständig auf Letzteres und beschloss, mein Verhalten, das ich meinen Mitmenschen gegenüber an den Tag legte, radikal zu überdenken, denn niemand kann mit Sicherheit sagen, wie viel Zeit uns hier auf Erden noch bleibt. Der Tod kann dich bereits in der nächsten Sekunde ereilen oder aber erst Jahre später über dich herfallen. Schließlich musste ich mir eingestehen, dass das Einzige, das zählt, der Moment des Augenblicks ist. Das Jetzt, in dem wir uns befinden, in dem wir leben. Das Gestern verliert an Bedeutung, ebenso wie das Morgen. Wie viele Menschen verlieren sich in Belanglosigkeiten der Vergangenheit, unfähig, sich davon zu lösen, weil sie nicht einsehen wollen, dass alles was war, längst an Bedeutung verloren hat? Ehemalige Kränkungen haben keinen Wert und belasten lediglich die eigene Seele sowie die derer, die man liebt. Jahrelange Streitigkeiten zehren an den eigenen Kräften, obwohl wir im Grunde genommen längst nicht mehr die Person sind, die wir dazumal waren. Wie würde unser Leben verlaufen, würden wir davon ablassen, in die Vergangenheit zu blicken und uns stattdessen auf das Hier und Jetzt konzentrieren? Wenn wir uns darauf einlassen könnten, jeden einzelnen Tag derart zu verbringen, als wäre es unser Letzter hier auf Erden? Gelingt es uns nur einmal die Routine des Alltags zu durchbrechen, um uns des Zaubers des Augenblicks bewusst zu werden, so wird unser Leben eine gänzlich neue Richtung einschlagen und wir werden dem nahekommen, wonach wir seit Anbeginn unseres Daseins streben. Reine Glückseligkeit.

„Guten Morgen, liebe Petra! Sag, kannst du dich an vergangene Nacht erinnern?"

„Ich weiß nur, dass Erwin wieder bei mir war, aber viel mehr weiß ich leider nicht darüber."

„Du hast ihn getroffen! Er sah ganze zehn Jahre jünger aus und ihr seid zusammen geflogen!"

„Verdammt und DAS hab ich vergessen?"

„Wir geben nicht auf. Die nächste Nacht wird eine weitere Chance für uns bereithalten."

Petra war ein weiteres Mal ihrem Mann begegnet. Bei der Gelegenheit hatte er sich ihr wesentlich jünger gezeigt, als er an seinem Lebensende gewesen ist, ein weiterer Umstand, den der Tod mit sich bringt. Bloß konnte Petra sich wieder einmal kein bisschen daran erinnern. Zwar hatte sie durchaus das Gefühl, ihren Mann getroffen zu haben, aber konkrete Details daran waren ihr nicht im Gedächtnis geblieben. Allmählich wusste ich nicht mehr, was ich noch tun sollte und hatte das Gefühl an die Grenzen meiner Möglichkeiten gestoßen zu sein, wohingegen in Bezug auf Petras Traumerinnerung noch Luft nach oben war. Doch was konnten wir dagegen unternehmen? Uns blieb nicht mehr viel Zeit und die Uhr tickte, was unseren Stresspegel weiterhin rasant steigen ließ. „Gehen wir noch einmal von vorne durch, was du tun kannst, um deine Erinnerungsfähigkeit zu steigern", besprach ich mit Petra und stieß dabei rasch auf etwas, das alles andere als förderlich für unser Vorhaben war. Statt sich ihre Träume gleich nach dem Aufwachen zu notieren, ließ meine Freundin viel zu viel Zeit verstreichen, was wiederum bedeutete, dass ihr auf diese Art eine beachtliche Anzahl an Erinnerungen abhanden kam. Als direktes Resultat beschloss ihr Unterbewusstsein, dass es ihr einfach nicht ernst genug damit war sich an ihre Träume erinnern zu wollen und löschte fleißig weiterhin jenen Input, auf den wir zugreifen wollten. Gleichzeitig bat ich Petras geistiges Team noch einmal um Rat, doch die Antwort, die ich dabei erhielt, gefiel mir alles andere als gut. „Petra muss endlich aktiv werden!", lautete sie und verwies unmissverständlich darauf, dass meine Freundin ihre Bemühungen deutlich intensivieren musste.

„Guten Morgen, liebe Anika. Heute Nacht hatte ich einen eigenartigen Traum. Du hast mich angerufen und mich gefragt, wann ich denn endlich soweit wäre. Anschließend bin ich an einem Zirkuszelt vorbeigefahren und du wolltest von mir wissen, ob ich denn die dort angebotene Veranstaltung besucht hätte. Ich hatte sofort ein schlechtes Gewissen, weil ich mich nicht daran erinnern konnte, jemals dort gewesen zu sein."

Petras Traum signalisierte eindeutig, dass es an der Zeit war, endlich aktiv zu werden und an der eigenen Erinnerungsfähigkeit zu arbeiten, denn ohne eine solche würden ihre nächtlichen Treffen mit Erwin mit hoher Wahrscheinlichkeit rasch in Vergessenheit geraten.

„Anschließend habe ich davon geträumt eine Zigarette zu rauchen, die ich seltsamerweise mit Alkohol abgelöscht habe. Dabei habe ich momentan gar keinen Tropfen davon zu Hause. Das letzte Mal, dass ich Alkohol getrunken habe, ist schon ein paar Tage her."

Auch der zweite Traum lieferte einen Hinweis auf ein konkretes Verhalten, das alles andere als förderlich für Petras Erinnerungsfähigkeit war. Denn sowohl der Konsum von Alkohol als auch von Nikotin wirken sich nicht nur negativ auf das eigene Schlafverhalten, sondern in Folge dessen auch auf die Traumerinnerung aus. Bei beidem handelt es sich um absolute Schlafkiller und sollten dringend vermieden werden, vor allen Dingen wenn es darum geht Astralreisen zu erleben. „Bitte versuch ab sofort vermehrt darauf zu achten und dir wirklich alle Träume direkt nach dem Aufwachen zu notieren. Das ist absolut notwendig um dich erinnern zu können", bat ich Petra, nicht ohne ihr noch einen weiteren Tipp mit auf den Weg zu geben. „und vergiss nicht vor dem Einschlafen ein Glas Wasser zu trinken. Klingt harmlos, aber du wirst feststellen, dass das deine Erinnerungsfähigkeit zusätzlich pushen wird."

Nun lag es allein an Petra, ob unser Vorhaben klappen würde oder nicht, was einmal mehr verdeutlichte, dass jeder von uns seinen Beitrag zu leisten hat. Während ich mich voll und ganz auf meine Freundin konzentrierte und akribisch darauf achtete, meine körpereigene Schwingung so hoch wie nur möglich zu halten, so hatte auch sie ihre Hausaufgaben zu erledigen. Das betraf einerseits die Steigerung ihrer Erinnerungsfähigkeit, andererseits ein grundlegendes Überdenken jener Gewohnheiten, die sich nachteilig auf unser Vorhaben auswirken könnten. Letztendlich ist es so, dass jeder Mensch Astralreisen erleben kann und doch ist nicht jeder dafür gemacht, denn sich auf dieses überirdische Abenteuer einzulassen erfordert zweifellos ein gewisses Maß an Arbeit, Disziplin sowie konsequentem Tun. Verlässt du dich dabei allzu sehr auf den anderen und darauf, dass alles ganz automatisch passieren wird, wird dir die geistige Welt kurzerhand einen Riegel vor die Tür schieben und befinden, dass du es weder aus ganzem Herzen möchtest noch dazu bereit bist. In Petras Fall bedeutete das, dass man sehen wollte wie ernst es ihr wirklich damit war und ob sie dazu bereit war, alles dafür zu tun. Würde sie nur halbherzig an die Sache herangehen, so wäre unser Plan zum Scheitern verurteilt und meine Bemühungen wären allesamt umsonst gewesen. Die geistige Welt hatte ein unmissverständliches Zeichen gesetzt und ich hoffte inständig darauf, dass Petra es sich zu Herzen nehmen würde. Nur auf diese Weise würde sie noch einmal die Chance erhalten, ihren größten Traum Wirklichkeit werden zu lassen.

Nachdem sich meine erste Schlafunterbrechung als Fehlschlag erwiesen hat, beschließe ich einen weiteren Versuch zu wagen und lege mich, nach einer halbstündigen Schlafunterbrechung, auf die Couch. Innerhalb weniger Minuten setzt das wohlbekannte Dröhnen ein und ich spüre deutlich erste Schwingungen, die sich nach und nach über meinen gesamten Körper ausbreiten. Mit Hilfe einer Affirmation gelingt es mir, beides zu verstärken und ich versuche mich an einer Austrittstechnik. Vergeblich, denn rein gar nichts tut sich. Doch ich denke nicht daran aufzugeben und starte unverzüglich einen weiteren Versuch. Dieses Mal gelingt es mir, mich zur Hälfte zu lösen ehe ich wieder in meinen Körper zurückschnelle. „Was zum Teufel ist heute nur los?", ärgere ich mich und beschließe, meine Taktik radikal zu ändern. Anstatt mich wie gewohnt aufzurichten, um mich mit meinem Energiekörper anschließend von meinem physischen Ich zu entfernen, stelle ich mir vor, wie es sich anfühlen mag, hoch in die Luft zu springen. Mit jedem Sprung schnelle ich weiter in die Höhe, bis ich irgendwann verdutzt feststelle, dass ich längst weit über mir schwebe. Abertausende klitzekleine Lichter blicken auf mich herab und ich betrachte fasziniert den Sternenhimmel, der sich mir in der heutigen Nacht bietet. Obwohl es dunkel ist, mache ich unter mir einige Baumwipfel aus und ich genieße ein Mal mehr das Gefühl des Fliegens. Dennoch möchte ich auf mein eigentliches Ziel nicht vergessen und so fokussiere ich meine Gedanken und stelle mich auf einen rasanten inneren Ortswechsel ein. Keine Sekunde später stehe ich inmitten einer Ansammlung von Menschen. Heiteres Gelächter dringt an mein Ohr. Die

Stimmung wirkt gelassen und sorglos, als ein Paar meine Aufmerksamkeit erregt, das, begleitet von zwei Kindern, einen Weg entlang geht. „Petra und Erwin!", stelle ich verdutzt fest und halte mich bewusst im Hintergrund um die beiden nicht zu stören. „Vermutlich handelt es sich bei den Kindern um weitere Mitglieder ihrer Seelenfamilie", überlege ich und spüre just in dem Moment das Verlangen meines physischen Körpers nach meiner Rückkehr. Gleichzeitig nehme ich deutlich Petras Stimme in meiner Nähe wahr, die freudig zu mir sagt: „Es war absolut unglaublich, liebe Anika. Ein unvergessliches Ereignis."

Als ich die Augen öffnete und einen Blick auf die Uhr warf, stellte ich fest, dass gerade einmal eine Viertelstunde vergangen war, dabei hatte ich das Gefühl weitaus länger fort gewesen zu sein. Hoffnungsvoll schrieb ich Petra eine Nachricht und wartete gespannt auf ihre Antwort. „Bitte lass sie sich daran erinnern!", bat ich dabei inständig, als kurze Zeit später auch schon mein Handy klingelte. „Guten Morgen, liebe Anika", schrieb Petra. „Heute Nacht hab ich kaum ein Auge zugemacht, denn das lautstarke Gebell eines der Nachbarhunde hat mich eine ganze Stunde lang wach gehalten. Leider kann ich mich deshalb an rein gar nichts erinnern." Enttäuscht hielt ich die Geschehnisse in meinem Traumtagebuch fest, nicht ohne darüber nachzudenken, wie ich Petra helfen konnte. Uns blieb nicht mehr viel Zeit und von einem baldigen Durchbruch war weit und breit nichts zu sehen und doch versprachen wir einander ein Mal mehr keinesfalls aufzugeben. Einerseits musste das Problem mit dem bellenden Vierbeiner gelöst werden, andererseits galt es weiterhin,

Petras Traumerinnerung zu optimieren. „Weißt du was?", gab ich Petra zu verstehen. „Ab sofort wirst du dein Unterbewusstsein daraufhin programmieren, dass jede weitere nächtliche Störung dich dazu befähigt, dich noch besser an deine Träume erinnern zu können. Betrachte Störungen nicht mehr länger als hinderlich, sondern nimm eine neue Sichtweise darauf ein. Mit jeder weiteren Unterbrechung wirst du dich, ab sofort, nur noch besser an deine Träume und Astralreisen erinnern können. Auf diese Art und Weise ist die Störung nicht mehr länger ein Problem, sondern stellt vielmehr ein Geschenk dar, das dich rasch ans Ziel bringen wird." Letztendlich ist, insbesondere in Bezug auf das Erleben von außerkörperlichen Erfahrungen, die eigene Erwartungshaltung von ganz wesentlicher Bedeutung, denn sie entscheidet darüber, ob wir mit dem was wir tun, letztendlich Erfolg haben werden oder nicht. „Abgesehen davon tauche ich eh nicht so zeitig bei dir auf. Wenn ich dich abhole, dann wohl eher zwischen fünf und sechs, denn die Wahrscheinlichkeit, dich an eine gemeinsame Astralreise erinnern zu können, ist in dieser Zeit weitaus höher als in den Stunden davor", fügte ich hinzu und versuchte dadurch den Druck, der auf Petra lastete, etwas zu entschärfen. Außerkörperliche Erfahrungen sind definitiv nichts für schwache Nerven und abgesehen davon durfte ich dabei nicht vergessen, dass es nebenbei auch noch den Alltag mit all seinen Anforderungen zu bewältigen galt. Nach wie vor übte Petra einen Job aus, der ihre Aufmerksamkeit und Engagement beanspruchte, und sich zusätzlich noch den Kopf über die Ereignisse der vergangenen Nacht zu zerbrechen, war weitaus anstrengender als sie ursprünglich angenommen hatte.

„Ehe du dich hinlegst, vergiss bitte nicht, dein geistiges Team und höheres Selbst um Unterstützung zu bitten. Beide mit an Bord zu holen, kann nur zu unserem Vorteil sein", riet ich Petra und dachte dabei an Julian, der ebenfalls jeden Abend die geistige Welt um Hilfe gebeten hatte. „Geht klar", antwortete Petra und siehe da, tags darauf konnte sie sich tatsächlich an weitaus mehr Träume erinnern als es zuvor der Fall war. „Vergangene Nacht habe ich von unzähligen Schildern geträumt und auf jedem davon war irgendein Reiseziel abgebildet. Kurz danach hörte ich ein Lied. Aber nicht irgendeines, nein, vielmehr war es unser ganz besonderes Lied, das meines Mannes und von mir. Zuerst habe ich es lediglich tief in meinem Innersten wahrgenommen, doch im nächsten Augenblick schien es so, als wäre es überall um mich herum", berichtete sie. Definitiv war dieser Traum ein gutes Omen, denn er verdeutlichte, dass sich Petras Unterbewusstsein bereits intensiv mit unserem Vorhaben auseinandersetzte. Die viele Mühe machte sich allmählich bezahlt und meine Freundin schien auf einem guten Weg zu sein. Doch nicht nur das, obendrein hatte sie noch eine Botschaft ihres Mannes erhalten, der ihr, während sie schlief, ein Lied zugesandt hatte. Es musste für ihn der einfachste Weg gewesen sein, zu ihr hindurchzudringen und sie wissen zu lassen, wie sehr er sie liebt. Dabei war es nicht bloß ein Lied, vielmehr handelte es sich dabei um einen waschechten Gruß aus dem Jenseits.

Ich bleibe von halb vier bis vier munter um mich anschließend wieder schlafen zu legen, als plötzlich etwas oder jemand zu mir spricht. „Petra möchte mehr als für sie aktuell möglich ist, denn sie hat jede Menge unbewusster Ängste, die sie daran hindern, den nächsten Schritt zu tun."

Enttäuscht und doch ein Stück weit klüger als zuvor berichte ich Petra von der Botschaft und auch sie hatte in der vergangenen Nacht etwas erlebt, wovon sie mir unbedingt erzählen wollte.

Ich träume als ich plötzlich komplett klar werde. Ein eigenartiges Gefühl und noch ehe ich darüber nachdenken kann, was ich als Nächstes tun möchte, fühle ich hinter mir deutlich die Anwesenheit meines verstorbenen Mannes. Mit einem Mal taucht vor mir ein riesiges Tor auf, das mich dazu einlädt, durch es hindurchzugehen. Im nächsten Augenblick nehme ich ein starkes Vibrieren sowie Ziehen wahr, ähnlich wie ich es damals erlebt habe, als du mich aus meinem Körper gezogen hast. Leider bin ich dadurch aufgewacht, dabei hätte ich nur allzu gerne gewusst, was sich auf der anderen Seite des Tores befindet. Ich hab keine Ahnung, was ich heute Nacht erlebt habe, aber eines steht fest, es war einfach unglaublich.

Petra hatte etwas erlebt, das nachts sehr häufig passiert. Sie hatte über einen ihrer Träume Kontakt mit dem Jenseits aufgenommen und dabei die Gegenwart ihres Mannes gespürt. Gleichzeitig brachten die viele Zeit und Mühe, die sie in den vergangenen Wochen in ihre Traumerinnerung investiert hatte, weitere Erfolge mit sich. Sie war in einem ihrer Träume luzid geworden, was soviel bedeutete, dass sie sich ihres Traumzustandes bewusst geworden war, was es ihr wiederum ermöglichte, vollkommen bewusst zu denken, zu fühlen sowie zu handeln. Sehr häufig erscheinen uns in Träumen Portale in jeglicher Form, die uns, positioniert von der geistigen Welt, dazu einladen möchten, durch sie hindurchzugehen um in andere Dimensionen zu gelangen. Wer auch immer Petra diese Einladung geschickt hatte, hatte sie damit gleichzeitig in den Schwingungszustand befördert. Die Vibrationen, das Ziehen, beides deutete darauf hin, dass Petras nicht-physischer Körper kurz davor gewesen war sich loszulösen. Aus irgendeinem Grund war der Prozess unterbrochen worden, aber mein Gefühl sagte mir, dass alles haargenau so passiert ist, wie es geschehen sollte. Nichtsdestotrotz sprühte meine Freundin nach diesem Erlebnis förmlich vor Freude und war motivierter denn je weiter an der Sache dran zu bleiben.

„Guten Morgen, liebe Anika", meldete sich meine Freundin Tags darauf. „Du glaubst gar nicht, was mir heute Eigenartiges passiert ist. Ich bin in meiner Freizeit in einer Theatergruppe und demnächst findet eine weitere Aufführung statt. Im Moment fällt es mir unglaublich schwer den Text zu behalten, doch heute Nacht habe ich davon geträumt meine Zeilen perfekt zu beherrschen und weißt du was das Beste daran ist? Bei der heutigen Probe hatte ich tatsächlich keinen einzigen Hänger." Petras gestiegene Traumerinnerungsfähigkeit hatte es ihr gestattet, Zugriff auf unbewusste Inhalte zu nehmen um dort abgespeicherte Informationen ganz einfach in ihr Wachbewusstsein zu transferieren. Beinahe alles was wir jemals in unserem Leben gelernt haben sitzt, tief vergraben, in unserem Unterbewusstsein und kann von dort aus, sofern wir wissen wie, aufgerufen werden. Aus diesem Grund überraschte es mich kaum, dass Petra sich plötzlich an die vergessen geglaubten Textzeilen erinnern konnte. Viele Menschen erhalten die genialsten Ideen und Eingebungen während sie träumen. Manche Sportler nutzen gezielt den Zustand der Luzidität um ihre Fähigkeiten zu trainieren und selbst die erfolgreichen Harry Potter Bände sind einem scheinbar harmlosen nächtlichen Gedanken entsprungen. In Wahrheit stellen Träume einen riesigen Pool aus Wissen und Kreativität dar. Manches davon stammt aus unserem Unterbewusstsein, anderes wiederum direkt aus der geistigen Welt.

Ein Stück vom Himmel

Es ist der letzte Tag des Monats und früher Morgen als ich meine Freundin Petra abermals aus ihrem physischen Körper ziehe und wir Seite an Seite die Schwelle zum Jenseits betreten. Einen Augenblick später finden wir uns in einem riesigen Gebäudekomplex wieder. Ein heller Eingangsbereich lädt uns dazu ein darin zu verweilen, indes sich dutzende Menschen um uns tummeln. Eine Gruppe von Teenagern begrüßt uns freudig und insbesondere von Petras Besuch scheinen sie sehr angetan zu sein. Interessiert begutachte ich die unbekannte Umgebung, denn ich möchte möglichst viele Details daran in Erinnerung behalten. Allen Anschein nach handelt es sich dabei um einen Ort, an dem Seelen aufeinandertreffen um zusammen zu lernen, denn nicht wenige von ihnen haben so etwas wie Schreibutensilien bei sich. Ich sehe dutzende Türen, die sich dicht aneinanderreihen, als sich plötzlich, zu unserer Linken, eine davon öffnet und ein Mann durch sie hindurch tritt. Er ist hochgewachsen, schlank, mittleren Alters, trägt eine kleine runde Lesebrille und hat einen Stapel Bücher unter die Arme geklemmt. Sofort ist klar, dabei handelt es sich um niemand geringeren als Erwin, Petras verstorbenen Ehemann. Im selben Augenblick stürmt Petra auch schon drauf los und ich spüre eine unbändige Freude, die auf beiderlei Seiten herrscht. „Du hast mir so gefehlt!", höre ich Petra rufen und sehe auch schon die ersten Freudentränen über ihre Wange kullern. Unauffällig entferne ich mich ein Stück um den beiden etwas Privatsphäre zu gönnen und tatsächlich folgt keine Sekunde später der lang ersehnte Kuss. Fast wirkt es so, als hätten die beiden nur Augen füreinander und das Einzige, das für sie zählt, ist dieser Moment. In der Zwischenzeit nutze ich die Gelegenheit, um Petras Mann ein wenig genauer unter die Lupe zu nehmen. Erwin wirkt wesentlich jünger und gesünder, als er zu Lebzeiten war, fast so, als stünde er in der Blüte seines Lebens, und es macht den Anschein, als ginge er hier irgendeiner Art von Lehrtätigkeit nach. Ich freue mich riesig für die beiden und mache mich zum Gehen auf, nicht ohne mich vorher zu verabschieden. „Wir sehen uns später, liebe Petra!", rufe ich. „Ich wünsch euch alles Gute dieser Welt!". Doch die beiden Turteltauben sind schon längst in einem der angrenzenden Räume verschwunden und ich mache mich zufrieden und dankbar auf den Heimweg.

Entwicklungshilfe

Der Monat neigte sich allmählich seinem Ende entgegen und wie schon so oft, war es Petra auch dieses Mal nicht gelungen, die Ereignisse der vergangenen Nacht im Gedächtnis zu behalten. Wir haben es danach noch ein paar Mal miteinander versucht, ehe uns die geistige Welt mitteilte, dass es an der Zeit war, damit aufzuhören. Meine Freundin steckte fest und ganz gleich, wie oft ich sie nachts abholen würde, sie hatte eine wichtige Entscheidung zu treffen. Die geistige Welt hatte sie bereits mehrere Male geprüft und wollte nun sehen, dass sie es nicht nur wollte, sondern auch dazu bereit war, über die eigenen Grenzen zu gehen, ganz ohne meine Hilfe. Im Endeffekt war ich für sie lediglich ein Sprungbrett gewesen, eine Art Entwicklungshilfe, die sie dazu befähigen sollte, selbst aktiv zu werden. Ich konnte ihr ihren Anteil der Arbeit nicht abnehmen und im Grunde genommen war das auch nie so geplant gewesen. Vielmehr diente ich ihr für die Dauer eines bestimmten Zeitraums als Unterstützung und durfte sie begleiteten, während sie die ersten zaghaften Schritte in eine neue Richtung tat. Ebenso wie Kinder schrittweise das Fahrradfahren lernen, um sich irgendwann ohne Begleitung auf die Straße zu wagen, so war es für Petra und mich an der Zeit voneinander loszulassen. Ich musste es einfach tun, allein schon deshalb, um sie nicht daran zu hindern sich selbst zu entfalten. Meine permanente Präsenz hätte sie mit hoher Wahrscheinlichkeit in ihrem persönlichen Freiraum eingeschränkt, der ihr momentan noch sämtliche Möglichkeiten offen hielt. Weder wollte ich ihr meine eigenen Glaubenssätze überstülpen, noch hatte ich die Absicht, sie in irgendeine Richtung zu drängen, die für sie nicht passte. Petra und ich haben miteinander einen tollen Monat verbracht. Während dieser intensiven Zeit hat meine Freundin nicht nur Zugriff auf ihre Traumwelt erlangt, sondern durfte darüber hinaus mehrere Male ihrem Mann begegnen. Ich bin mir sicher, dass das noch längst nicht alles gewesen ist, sollte sie sich dazu entscheiden weiterzumachen. Doch genauso wie bei jeder Entscheidung würde dies Zeit, Vertrauen und Mut benötigen. Weiterzumachen, insbesondere dann, wenn sich einmal nichts tun sollte. Dranzubleiben, selbst dann, wenn einem in Wahrheit nach Aufgeben zumute ist. Denn das ist, was den Unterschied ausmacht. Zwischen denjenigen, die Erfolg haben und denen, die scheitern. Gibst du vorzeitig auf, weil deine Ungeduld größer ist als dein Vertrauen? Oder aber bleibst du dabei, weil du nichts zu verlieren hast und du dich fest dazu entschlossen hast keinesfalls umzukehren? Die Entscheidung liegt im Endeffekt ganz bei dir, genauso wie Petra sich zu jeder Zeit hatte entscheiden können, den Rückzug anzutreten. Was ich für sie tun konnte war, für sie da zu sein und all mein Wissen, welches ich mir in den vergangenen Jahren angeeignet habe, mit ihr zu teilen. Nach gefühlten hundert Rückschlägen und der Angst davor nicht weiterzukommen.

Immer wieder werde ich danach gefragt, wie ich meine übersinnlichen Fähigkeiten innerhalb dieses kurzen Zeitraums derart rasch weiterentwickeln konnte. Nun, das liegt einerseits daran, dass ich niemals aufgegeben habe und andererseits daran, dass die geistige Welt diese Zeitspanne für mich als richtig erachtet hat. Manche

Menschen benötigen Jahre um in den Genuss ihrer ersten außerkörperlichen Erfahrung zu kommen, andere wiederum schaffen es innerhalb kürzester Zeit. Es ist das Resultat intensiver Arbeit an sich selbst, den eigenen bewussten sowie unbewussten Ängsten sowie Vorstellungen und der Zusammenarbeit mit der geistigen Welt, die, wie wir bereits wissen, keine Fehler macht.

Michael

Ich erinnere mich noch gut daran unter welchen Umständen Michael damals in mein Leben getreten ist. Ich war gerade zu Gast in zwei Podcastfolgen, in welchen ich ausführlich über meine außerkörperlichen Erkundungen berichten durfte, als mir Michael spontan eine Nachricht zukommen ließ. Ebenso wie ich hatte auch er sein Kind verloren und wollte nichts lieber, als es in der geistigen Welt zu besuchen. Obwohl sein Sohn längst erwachsen war, so war der Verlust nicht minder tragisch, denn in Wahrheit hört man niemals auf Vater oder Mutter zu sein, ganz gleich wie viele Jahre vergehen. Es geschah wie aus heiterem Himmel und hinterließ eine tiefe Wunde in seinem Herzen. Mit der liebevollen Unterstützung seiner Frau bemühte er sich mit allen Kräften darum, schrittweise wieder Sinn und Halt in seinem Leben zu finden und doch schien es schier unmöglich zu sein. Ich war positiv überrascht, als er mir erzählte, dass er sich nicht nur aktiv mit dem Phänomen der außerkörperlichen Erfahrung auseinandersetzte, sondern zusätzlich, ebenso wie ich, Nacht für Nacht übte. Ein wenig erinnerte er mich an mich selbst und meine eigenen mehr als holprigen Anfänge. Seine Hartnäckigkeit und Ausdauer, mit der er sein Ziel verfolgte, und die Beharrlichkeit, die er dabei an den Tag legte, waren mir keineswegs fremd. Wir wurden rasch Freunde und nachdem ich Julian erfolgreich zu einem Treffen mit seiner Schwester verholfen hatte, musste ich unweigerlich an ihn denken. Ebenso wie ich es bei Petra getan hatte, wollte ich auch Michael bestmöglich dabei unterstützen seinem Ziel einen großen Schritt näher zu kommen, denn bislang war er seinem Sohn, trotz intensiver Bemühungen seinerseits, kein einziges Mal begegnet. Zwar hatte er bereits des Öfteren einen luziden Traum erlebt, aber eine richtige Astralreise war ihm bislang nicht vergönnt gewesen. Nach dem Verlust seines Sohnes hatte Michael bereits mehrere Male verschiedene Medien aufgesucht und dabei jedes Mal heilsame Botschaften aus dem Jenseits erhalten. Die Freude darüber währte jedoch nicht lange und kurze Zeit später überkam ihn abermals das Gefühl, dass das Leben einfach keinen Sinn mehr machte. Dabei ließ er nichts unversucht und besuchte ein Seminar nach dem anderen, die ihn endlich dazu befähigen sollten, in Bezug auf seine Trauer und das Astralreisen Fortschritte zu machen. Ich habe keine Ahnung was ihn letztendlich davon abhielt, seinen physischen Körper zu verlassen. Möglicherweise war es seine tiefe Trauer, die ihn daran hinderte, voranzukommen. Oder aber er war einfach noch nicht soweit. Ganz gleich was es auch war, ich entschloss mich dazu, ihm zu helfen und ihn nachts abzuholen und da auch die geistige Welt nichts dagegen einzuwenden hatte, legten wir Anfang Juli damit los. Dabei war klar, dass uns auch in seinem Fall etliche Hürden erwarten würden, die es nach und nach abzuarbeiten galt. Weil Michael auch Anfang Juli an einem weiteren Kurs teilgenommen hatte, entschieden wir, dass es besser sei erst danach loszulegen. Jeder von uns ging hochmotiviert an die Sache heran und so kam es, dass wir uns an jenem Abend für unser erstes Treffen im Jenseits verabredeten.

Ich gehe gegen zehn Uhr zu Bett und lege um zwei Uhr eine einstündige Schlafunterbrechung ein. In zirka einer halben

Stunde wird auch Michael mit seiner Wachphase starten, denn genauso haben wir es abends zuvor besprochen. Es war äußerst wichtig, uns gut aufeinander ab- sowie einzustimmen, um aus den folgenden Nächten den größtmöglichen Nutzen zu ziehen. Nichtsdestotrotz wollte ich mich dieses Mal darum bemühen, möglichst viel Druck raus zunehmen, denn, wenn ich eines aus der Zeit mit Petra gelernt hatte, dann, dass Stress alles andere als förderlich für unser Vorhaben war. Nachdem ich Michael abends zuvor für die kommende Nacht instruiert hatte, gelingt es mir tatsächlich, während einer meiner Träume luzid zu werden. Rasch setze ich eine klare Absicht und finde mich im nächsten Augenblick vor einem Bett wieder, das jedoch, zu meinem Erstaunen, leer ist.

„Guten Morgen, liebe Anika. Heute bin ich ausnahmsweise mal so richtig erschöpft, denn ich bin seit drei Uhr wach und habe kaum geschlafen. Leider kann ich mich deshalb auch an keinen einzigen Traum erinnern. Hast du vielleicht eine Idee, was vergangene Nacht schief gelaufen sein könnte?", teilte mir Michael am nächsten Morgen mit. „Ach, deshalb hab ich dich nicht in deinem Bett angetroffen!", erwiderte ich, nicht ohne zu versprechen, die geistige Welt um Rat zu fragen und noch am selben Tag erhielt ich eine Antwort. In erster Linie hieß es für Michael sich eingehender mit seiner Schlafunterbrechung auseinanderzusetzen sowie verstärkt auf den eigenen Energiehaushalt zu achten. Genauso wie sein Körper wies auch sein Geist einen regelrechten Energieengpass auf, weshalb ich mich dazu entschied in absehbarer Zeit ein Trance Healing für ihn zu machen, um potentielle bestehende Blockaden zu beseitigen. Zusätzlich entschied sich Michael dazu, die heutige Schlafunterbrechung ausnahmsweise mal ausfallen und stattdessen seinem Körper die Energie zukommen zu lassen, die dieser dringend benötigte.

Einfach nicht genug

Eines Tages stand auch schon wieder Lunas Geburtstag vor der Tür, an dem sie, wäre sie noch am Leben, fünf Jahre alt werden würde. Mittlerweile war es der Dritte, bei dem sie nicht dabei sein konnte, zumindest nicht auf die Art und Weise wie ich es mir gewünscht hätte. Es war einer dieser Tage, an denen es mir normalerweise recht schwer fiel nicht die ganze Zeit über zu weinen und doch spürte ich zum ersten Mal seit Langem etwas Ähnliches wie Frieden in mir. Frieden mit der geistigen Welt und jenem Schicksalsschlag, den das Leben für mich hier auf Erden mit sich gebracht hatte. Zu Beginn meiner außerkörperlichen Erkundungen hatte ich nahezu jedes Mal das Bedürfnis meine Tochter sehen zu wollen, um mich zu vergewissern, dass es ihr gut ging. War ich anschließend in meinen physischen Körper zurückgekehrt, konnte ich mir die Freude darüber, sie getroffen zu haben, eine ganze Weile lang bewahren und doch hielt sie nicht ewig. Wie ein Süchtiger, dem es nach seinem Stoff verlangte, überfiel mich innerhalb kürzester Zeit abermals die Sehnsucht danach, sie in den Arm zu nehmen und noch einmal ihre Stimme zu hören. Zwar wusste ich, dass das Jenseits noch unzählige weitere Ziele für mich bereit hielt und doch stand für mich an oberster Stelle allem voran meine Tochter, woran sich eine ganze Weile lang nichts ändern sollte. Auch an diesem besonderen Tag, ihrem fünften Geburtstag, kam mir bereits nach dem Aufstehen der Gedanke in den Sinn ihr nachts einen kurzen Besuch abzustatten und doch war es dieses Mal anders, denn ich fühlte, dass es nicht unbedingt sein müsste. Zum ersten Mal seit ihrem Tod befand ich, dass sie zu besuchen nicht unbedingt notwendig war. Immerhin hatte ich mich bereits unzählige Male davon überzeugen können, dass es ihr gut ging. Vielmehr verspürte ich tief in meinem Innersten den Wunsch danach, mein Glück zu teilen und nicht ausschließlich für mich zu behalten. Es war an der Zeit den nächsten Schritt zu tun und mich meiner irdischen Aufgabe zuzuwenden. Also ließ ich ganz einfach los, was keineswegs bedeutete, dass ich mich von meiner Tochter verabschiedete, denn das war zu keinem Zeitpunkt erforderlich. Vielmehr war es ein aufrichtiges auf Wiedersehen. Ganz bestimmt sogar würden sich unsere Wege nicht das letzte Mal gekreuzt haben und doch war es für mich nicht mehr länger erforderlich um glücklich zu sein. „Alles Gute zum Geburtstag mein Engel!", schickte ich einen Gruß Richtung Himmel. „Ich hoffe du bist stolz auf mich." Im Grunde genommen war mein Entschluss loszulassen weniger ein Geschenk an meine Tochter, als vielmehr an mich selbst. An diesem Tag tat ich den wichtigsten und schwersten Schritt von allen, nämlich denjenigen ins Leben zurück. Um den Fokus nicht mehr länger auf das Danach sondern vielmehr auf das Hier und Jetzt zu legen und auf diejenigen Menschen, denen ich im Laufe meines Lebens noch begegnen würde, die meine Hilfe benötigten, weil sie selbst nach wie vor keinen Ausweg aus der Trauer finden.

Es war Lunas Geburtstag und jeder von uns fand seinen Platz um das Grab meiner Tochter. Zusammen verputzten wir einen selbstgebackenen Käsekuchen mit Erdbeersoße, hergestellt aus den Früchten aus dem eigenen Garten. Gedankenverloren begutachtete ich die vielen Schmetterlinge, die sich im Blumenbeet zu meiner

Linken tummelten, als Julian unauffällig neben mir Platz nahm. Bis jetzt hatte ich es ganz gut hinbekommen meine Tränen zurückzuhalten, denn ich hatte mir fest vorgenommen an diesem Tag keinen einzigen Augenblick lang traurig zu sein. Es war Lunas Geburtstag und sie verdiente ein Fest voller Freude, Sonnenschein und einem riesigen Stück selbstgebackenen Käsekuchen. Julian hingegen ließ seinen Tränen ungehindert freien Lauf und einmal mehr stellte ich fest, wie sehr er unter dem Verlust seiner Schwester zu leiden hatte. „Mama, ich muss mit dir reden", begann er und wischte sich mit dem Ärmel über die Wange. „Was ist denn los, mein Schatz?", fragte ich behutsam und gab ihm kurzerhand ein weiteres Stück Kuchen. Julian rückte ganz dicht an mich heran und flüsterte mir dabei ins Ohr: „Ich möchte Luna noch einmal sehen. Ein Mal ist einfach nicht genug." Betroffen sah ich meinen Sohn an, nicht ohne zu erkennen, dass es ihm todernst damit war. „Ich weiß was du meinst", seufzte ich, „es ist niemals genug."

Tatsächlich konnte ich Julians Beweggründe auf ganzer Länge nachvollziehen. Kommt man einmal in den Genuss einer außerkörperlichen Erfahrung und begegnet dabei vielleicht sogar einem geliebten Verstorbenen, möchte man unbedingt mehr davon erleben. Ein derart überwältigendes existenzielles Erlebnis verändert einfach alles und man kann nicht mehr länger so weitermachen wie bisher. Nie wieder. Zumindest war es mir damals so ergangen und auch mein Sohn schien sich nicht mit diesem einen Mal zufrieden geben zu wollen. Unweigerlich musste ich dabei auch an meine Freundin Petra denken, die sich nach ihrer ersten kurzen Begegnung mit ihrem Mann viele weitere herbeisehnt hatte. Doch so sehr ich Julians Wunsch auch Verständnis entgegenbringen konnte, ich hatte Michael bereits versprochen, ihn diesen Monat über zu begleiten und doch wollte ich keinem von beiden eine Abfuhr erteilen. Wie so oft beschloss ich, Rat bei meinem geistigen Team zu suchen und bereits in der darauffolgenden Nacht erhielt ich die rettende Lösung für mein Problem.

Ich bin dermaßen entspannt, dass ich kaum noch meine Arme und Beine spüre. Zwar kann ich erahnen, wo sie sich befinden, aber so richtig fühlen kann ich sie nicht mehr. Plötzlich taucht ein Bild vor meinem inneren Auge auf. Julian. Er steht neben mir und hält einen Rucksack im Arm. Er wartet auf mich und ist dazu bereit, mit mir zu kommen. „Was soll ich nur tun?", frage ich mein geistiges Team als ich unmittelbar folgende Worte wahrnehme: "Beides ist möglich und in Wahrheit ist es sogar deine Aufgabe, das zu tun". Verwundert beende ich meine Meditation, öffne die Augen und lege die Kopfhörer beiseite. „Ich soll beide abholen?", frage ich mich. „Wie um alles in der Welt soll ich das bloß hinkriegen?"

Es war eine weitere Aufgabe, die mir gestellt worden war, soweit war klar und doch hatte ich keine Ahnung wie ich das alles bewerkstelligen sollte. Immerhin hatte ich nebst meinen nächtlichen Ausflügen auch noch den Haushalt und die Kinder zu versorgen. Bereits als ich versucht hatte Julian das erste Mal abzuholen, war es alles andere als einfach für mich und auch in Petras Fall war es mehr als anstrengend gewesen mich Tag und Nacht auf mein Gegenüber zu konzentrieren. Doch Auftrag war Auftrag und so blieb mir nichts anderes übrig, als eine Methode zu entwickeln, die es mir gestatten würde, mich weitaus effizienter und zuverlässiger nachts auf Reisen zu begeben.

Heimkehr

Es ist halb fünf, als ich mich darum bemühe, eine außerkörperliche Erfahrung einzuleiten. Mit Erfolg! Bereits kurze Zeit später mache ich mich auf zu Julian und Michael, doch überraschenderweise lande ich an ganz anderer Stelle. Vollkommen orientierungslos nehme ich um mich herum nichts als Dunkelheit wahr. Vorsichtig taste ich mich an einer Wand entlang, bis ich erkenne, dass ich mich in einer Art Labyrinth, mit dutzenden Gängen, Türen sowie Schächten befinden muss. Neugierig, weshalb man mich hierher gebracht hat, öffne ich eine der vielen Türen, als ich plötzlich ganz in der Nähe Stimmen höre. Rasch schlüpfe ich durch sie hindurch, um keine Aufmerksamkeit auf mich zu lenken. Immerhin weiß ich nicht, ob man mich hier als Gast willkommen heißen oder als Eindringling betrachten würde. „Wo um alles in der Welt bin ich hier nur gelandet?", frage ich mich, denn zu meinem Erstaunen befindet sich keinen Meter von mir entfernt ein gigantisch großes Wasserbecken. „Was sich darin wohl befinden mag?", rätsle ich und werfe einen vorsichtigen Blick hinein. Augenblicklich schießt ein gewaltiger Hai aus der Tiefe des Beckens empor. Fast zeitgleich öffnet sich die Tür hinter mir und zwei Männer betreten den Raum. „Na, hüpfst du freiwillig rein oder müssen wir nachhelfen?", grinst der eine, während der andere einstweilen die Ärmel hochkrempelt. „Das ist doch nicht euer Ernst?", rufe ich panisch und suche hastig nach einer Möglichkeit von hier zu entkommen. Während ich immer wieder einen Blick auf das monströse Tier im Wasser werfe, überkommt mich eine panische Angst. Es gibt nichts auf der Welt, wovor ich mich mehr fürchte als vor Haien. „Du darfst dich nun dieser Angst stellen!", hallt es in meinem Kopf und meine Panik nimmt augenblicklich zu. „Jetzt weiß ich, warum man mich hierher gebracht hat", erkenne ich und merke, wie die beiden Männer langsam immer näher kommen. Im Grunde genommen weiß ich, dass ich rein gar nichts zu befürchten habe. Es ist eine Prüfung, die man mir gestellt hat, um zu sehen, ob ich denn schon so weit bin, mich meiner größten Angst zu stellen. Doch allein schon beim Gedanken daran, mich in das Wasser hineinzubegeben nimmt mir förmlich die Luft zum Atmen. Die beiden Männer sind schon zum Greifen nah, als ich all meinen Mut zusammennehme und drauflos springe.

Im kühlen Nass angekommen, halte ich zitternd nach dem Haifisch Ausschau, während die zwei Männer mir amüsiert vom Beckenrand aus zusehen. Keine Minute später nehme ich einen riesigen dunklen Schatten unter mir wahr, der sich mir im Eiltempo nähert. Schon habe ich mich mit dem Gedanken angefreundet als Haifischfutter zu enden, als mir in letzter Sekunde eine Idee in den Sinn kommt. „An diesem Ort sollte ich keinerlei irdischen Einschränkungen unterworfen sein", überlege ich, „was wiederum bedeuten würde, dass sich das Tier ganz einfach in etwas anderes, wesentlich Ungefährlicheres verwandeln ließe." Der Hai ist bereits zum Greifen nahe und während mir sämtliches Blut in den Adern zu gefrieren droht, fokussiere ich all meine Gedanken auf mein Vorhaben. Gleichzeitig schließe ich die Augen, denn, sollte es nicht klappen, möchte ich möglichst wenig von alledem mitbekommen. Doch statt hunderten von rasiermesserscharfen Zähnen, die sich in mein Fleisch bohren, spüre ich an meinen Beinen etwas Weiches. Vorsichtig öffne ich meine Augen und stelle erfreut fest, dass es tatsächlich geklappt und der Hai sich in ein niedliches Kätzchen verwandelt hat. Unverzüglich verschwinden das Becken, das Tier und die beiden Männer. Stattdessen finde ich mich inmitten eines prunkvollen Saals wieder.

Fasziniert sehe ich mich ein wenig genauer um, als mein Blick an einem besonders schön verzierten Stuhl hängen bleibt. Bei genauerer Betrachtung erkenne ich, dass sich darauf etwas befindet und ich mache eine kleine Glückwunschkarte ausfindig, die überraschenderweise an mich adressiert ist. „Herzlichen Glückwunsch zur bestandenen Prüfung", entziffere ich. Danach löst sich die Karte in Luft auf. Stattdessen kommt hinter dem Stuhl ein kniehoher, schwarz-brauner Hund zum Vorschein. „Winnie!", rufe ich freudig. „Wie schön dich hier zu sehen." Ich verbringe eine ganze Weile an der Seite meines verstorbenen Hundes und mir kommt der Gedanke, dass er gekommen ist, um mir zur bestandenen Prüfung zu gratulieren. Überglücklich überhäufte ich ihn mit jeder Menge Liebkosungen, als sich unerwartet weitere Gäste ankündigen. Zwei Frauen betreten unauffällig den Raum und nehmen an einem Tisch ganz in unserer Nähe Platz. Beide sind mir vollkommen fremd und doch lächeln sie mir freundlich entgegen und bitten mich zu sich. „Wir haben dich bereits erwartet", gibt mir die eine zu verstehen, während die andere einen Stuhl zur Seite rückt. Verhalten nehme ich darauf Platz und bin gespannt, was nun passieren wird. „Wir sind hier um dir etwas Wichtiges mitzuteilen", beginnt die Dame zu meiner Linken zu erzählen. „Deine Tochter hat sich dazu entschlossen neu zu inkarnieren", setzt die andere fort. Verblüfft hake ich nach: „Wie bitte? Jetzt schon? Sie ist doch noch gar nicht mal so lange in der geistigen Welt." Kaum ausgesprochen schütteln die beiden den Kopf. „Mittlerweile solltest du wissen, dass so etwas wie Zeit in der geistigen Welt nicht existiert!" Während ich nach wie vor kein Wort verstehe, rattern mir unzählige Gedanken durch den Kopf. In welche Familie würde meine Tochter hineingeraten? Würde man sich dort auch wirklich gut um sie kümmern? Könnte ich sie dann überhaupt noch in der geistigen Welt besuchen?

„Mach dir bitte keine Sorgen!", versuchten mich die beiden Unbekannten zu beruhigen. „Du kennst die Familie und selbstverständlich bleibt dir die Möglichkeit sie nach wie vor in der geistigen Welt zu besuchen. Hast du denn bereits alles vergessen, was du gelernt hast?" Irritiert versuchte ich meine Gedanken zu sortieren, als mir plötzlich einfällt, worauf die beiden hinaus möchten. Wir Menschen sind multidimensionale Wesen, was wiederum bedeutet, dass ein Teil von uns stets in der geistigen Welt bleibt und dort aktiv ist, während lediglich ein Seelenaspekt von uns inkarniert. Aus diesem Grund würde Luna keineswegs verschwinden und dennoch war mir bei der Sache alles andere als wohl zumute. „Wer ist es?", dränge ich auf eine Antwort. „Nun sagt schon, wer wird mich als Mutter ersetzen?" Allmählich spürte ich eine unbändige Wut in mir hochkommen und ich muss zugeben, dass ich mich keineswegs für meine Tochter freuen kann. „Du möchtest wissen, wer ihre Mutter sein wird?", beginnt die Frau zu meiner Rechten, während mich die andere mit prüfendem Blick mustert. „Niemand geringerer als deine Schwester."

Im selben Atemzug kehrte ich in die physische Realität zurück. Gedankenversunken hielt ich mir nochmals vor Augen, was ich zuvor erfahren hatte. War es tatsächlich möglich und Luna würde in unserer Familie inkarnieren? Wenn dem so wäre, würde ich mich unheimlich darüber freuen. Nach und nach fügte sich ein Puzzleteil dem Nächsten und ergab so ein stimmiges Bild. Gleichzeitig machten die vielen Botschaften, die ich im Laufe der vergangenen Wochen erhalten hatte, allmählich Sinn. Luna hatte die Chance erhalten heimzukehren und unsere Familie um eine weiteres Mitglied reicher zu machen. Bereits in der Vergangenheit hatte ich in einigen Bücher davon gelesen, dass so etwas durchaus vorkommen kann, wenn auch nur äußerst selten und doch hatte ich nicht so recht daran geglaubt. Es war schön zu wissen, dass sie nicht auf uns vergessen und obendrein noch die Erlaubnis erhalten hatte, hier auf Erden als neuer Mensch zurückzukehren. Ich kam nicht drumherum sie zu bewundern, dafür, sich abermals in das Leben zu stürzen, das doch alles andere als einfach ist. Dennoch oblag es letztendlich dem freien Willen meiner Schwester und ihres Mannes, sich dafür oder dagegen zu entscheiden und doch dankte ich der geistigen Welt für dieses wunderbare Geschenk, das sie mir gemacht hatten.

Unaufhaltsame Veränderungen

„Mama, jedes Mal wenn ich in der Nacht aufwache, höre ich so ein eigenartiges Geräusch. Ich habe das Gefühl, es kommt aus meinem Inneren."

Aus irgendeinem Grund schien sich Julians spirituelle Entwicklung massiv beschleunigt zu haben, denn mittlerweile erlebte er nahezu jede Nacht irgendetwas Übersinnliches. Während er sich kein bisschen daran erinnern konnte, erhielt ich die Information, dass er nachts mit seinem Energiekörper die jenseitigen Ebenen aufsuchte. Wachte er auf, erinnerten ihn lediglich intensive innere Geräusche und Schwingungen an seine außerkörperlichen Erkundungen. Dabei hatte er keine Ahnung, was er die ganze Zeit über trieb, was wiederum bedeutete, dass es an der Zeit war, weitere Erinnerungstechniken zum Einsatz zu bringen, um sich das Erlebte ins Gedächtnis zu rufen.

Ich löse mich von meinem physischen Körper und mache mich umgehend auf zu meinem Sohn, den ich friedlich schlafend in seinem Bett vorfinde. Doch bei genauerer Betrachtung nehme ich ein schwaches goldenes Leuchten direkt unter seinem Brustkorb wahr, welches synchron mit seinem Herzschlag zu pulsieren scheint. Intuitiv lege ich beide Hände darauf und bündle meine Gedanken, als ich spüre, wie sich eine angenehme Wärme unter meinen Fingern ausbreitet. Kaum merkbar setzen erste zarte Schwingungen ein, die im Sekundentakt an Intensität zunehmen. „Ich leite den Schwingungszustand ein!", stelle ich erstaunt fest und mache einen Schritt zur Seite. Das goldene Licht hat sich mittlerweile über Julians gesamten Körper ausgebreitet und ich beschließe, nicht mehr länger zu warten, sondern mein Glück zu versuchen. Ohne Zögern ziehe ich an seinen Beinen und mit einem kurzen Ruck löst sich auch schon Julians Energiekörper. Überrascht blickt Julian zuerst mich an und dann auf seinen schlafenden Körper vor sich. „Coole Sache, nicht wahr?", grinse ich und zwinkere ihm zu.

Nicht nur Julians Fähigkeiten entwickelten sich in rasantem Tempo, auch ich hatte erstaunliche Fortschritte zu verzeichnen. Während ich mich wochenlang vergeblich darum bemüht hatte, so etwas wie ein Muster hinter meinen nächtlichen Versuchen und Techniken zu entdecken, schien mein Ziel nun zum Greifen nahe. Nun sollte man meinen, ich könnte mehr als zufrieden damit sein, alle paar Nächte in den Genuss einer außerkörperlichen Erfahrung zu kommen, doch um ehrlich zu sein, war das glatte Gegenteil der Fall. Ich wollte mehr als das und mein Ehrgeiz spornte mich dazu an, mein Ziel noch höher zu stecken. Meine Erfolge sollten nicht mehr länger dem Zufall obliegen und ich wollte genauestens darüber Bescheid wissen, was ich tat. Zu diesem Zweck legte ich mir, zusätzlich zu meinem Traumtagebuch, eine Mappe zu. Akribisch hielt ich darin jedes noch so klitzekleine Detail fest. Wann war ich zu Bett gegangen? Wie lange hatte meine Schlafunterbrechung gedauert? Was hatte ich währenddessen gemacht? Welche Techniken kamen dabei zum Einsatz? Jeden

Morgen notierte ich mir den genauen Ablauf und begab mich so auf die Suche nach der fehlenden Variable in der Gleichung, stets mit dem Ziel vor Augen, eines Tages in der Lage zu sein, jede einzelne Nacht mehrere außerkörperliche Erfahrungen auslösen zu können. Tatsächlich erwies sich meine Herangehensweise als äußerst effizient, wodurch es mir möglich war, eine neuartige Methode zu entwickeln, die Einschlug wie eine Bombe. Die viele Mühe hatte sich bezahlt gemacht und so standen mir mit einem Mal mehrere Versuche pro Nacht zur Verfügung, Michael und Julian abzuholen. Abgesehen davon stellte ich fest, dass auch die Dauer meiner Erlebnisse wuchs und ich dadurch einen weitaus größeren Handlungsspielraum zur Verfügung hatte als jemals zuvor.

Annäherung

„Du hattest vollkommen Recht. Ich hab mich viel zu sehr auf dich verlassen. Es ist an der Zeit, selbst aktiv zu werden. Ich muss Erwin einfach wiedersehen."

Mit der Zeit hatte ich zunehmend das Gefühl, dass sich Michael und ich, ähnlich wie bei Petra damals, mit jeder weiteren Nacht die verging, einander annäherten, was vor allem daran lag, dass uns die geistige Welt regelmäßig mit hilfreichen Ratschlägen versorgte. Einstweilen wurde Petra klar, dass sie sich viel zu sehr auf mich verlassen und zu wenig für ihre Traumerinnerung getan hatte. Wir beschlossen, einander eine Pause zu gönnen, um es gegebenenfalls, zu einem anderen Zeitpunk, noch einmal miteinander zu versuchen. Nichtsdestotrotz nahmen wir uns fest vor, uns bis dahin nicht aus den Augen zu verlieren. In der Zwischenzeit hatte ich alle Hände voll damit zu tun sowohl Julian als auch Michael zu unterstützen, was alles andere als einfach war, denn wie schon zuvor blieb die größte Hürde die Traumerinnerung. Vor allem Julian hatte damit zu kämpfen, denn nach wie vor zählte Schreiben alles andere als zu seinen Lieblingsbeschäftigungen. Er gönnte sich deshalb eine kleine Auszeit und verbrachte ein paar herrliche Ferientage mit seinem Onkel und seiner Tante in Kärnten. Danach wollte er wieder, ausreichend erholt, voll durchstarten und sich ganz auf unser Vorhaben konzentrieren. Mittlerweile hatte ich es mir angewöhnt, nachts für jeden von uns eine Chakrenreinigung sowie eine

Lichtkörperaktivierung durchzuführen. Das machte nicht nur Sinn, sondern schien auch absolut notwendig zu sein. Mittlerweile strukturierte ich die Dauer meiner Schlafunterbrechung in mehrere Abschnitte. Zu Beginn praktizierte ich spezielle Atemtechniken, die mich munter machten und darüber hinaus meine Intuition stärkten. Anschließend versorgte ich das Baby, um die verbleibende Zeit über mit Meditieren zu verbringen. Jeder dieser Schritte nahm direkten Einfluss auf meinen Energiepegel. Selbst meine Gedanken, die mir tagsüber durch den Kopf schwirrten, wirkten sich auf meine körpereigene Schwingung aus, weshalb ich mich darum bemühte, möglichst positiv zu denken und alles Negative von mir fern zu halten. Kein leichtes Unterfangen, wie sich herausstellte, und doch hielt ich daran fest, denn ich wusste, dass sich alles, was ich tat, früher oder später bezahlt machen würde. Jeder von uns hatte seinen Beitrag zu leisten und so wollte ich uns allen mit gutem Beispiel vorangehen.

Ich werde luzid und möchte in meinen Energiekörper wechseln, als ich feststelle, dass meine gewohnte Technik, aus unerklärlichen Gründen, nicht mehr länger funktioniert. Mehrere Male hintereinander lasse ich mich mit geschlossenen Augen nach hinten fallen, ohne jeden Erfolg. Ich stecke im Zustand der Luzidität fest und suche nach einer passenden Lösung für mein Problem. Irgendwann kommt mir die Idee, mir vorzustellen, wie es wäre ein Adler zu sein und mich dabei in die Lüfte zu erheben. Ich tauche voll und ganz in die Vorstellung ein, bis ich um mich herum einen erfrischenden Luftzug wahrnehme und zu meiner Freude feststelle, dass ich tatsächlich fliege. Ich habe mich in einen majestätischen Steinadler verwandelt, der elegant am Himmel seine Kreise zieht. Dazu bereit, einen neuen Versuch zu wagen, drehe ich mich entschlossen um die eigene Achse und befehle: „Michael, jetzt!" Mehrere Umdrehungen später nehme ich eine deutliche Veränderung meiner Umgebung wahr und setze kurz darauf zum Landeanflug an. Zu meinem Erstaunen stelle ich fest, dass ich in einem Schlafzimmer gelandet bin, in welchem sich zwei Personen befinden. Bei näherer Betrachtung erkenne ich, dass es sich dabei um niemand geringeren als Michael und seine Frau handelt. Um keine wertvolle Zeit zu verlieren, lege ich meine Hände auf Michaels Brust, um in weiterer Folge den Schwingungszustand einzuleiten. Ebenso wie bei Julian nehme ich auch bei ihm ein schwaches Leuchten wahr, das sekündlich an Intensität zunimmt. Ein kurzer Ruck am Bein und schon löst sich Michaels nicht-physischer Körper von seiner irdischen Hülle. „Keine Angst!", beruhige ich ihn, „Ich bin es nur." Während Michael noch nicht ganz davon überzeugt zu sein scheint, ob er sich nicht doch in einem besonders lebhaften Traum befindet, nehme ich ihn an der Hand, um gemeinsam das nächste Ziel anzusteuern. Seinen Sohn! Innerhalb kürzester Zeit baut sich um uns herum eine vollkommen neue Szenerie auf, mit dutzenden junger Leute darin, die sich in einem kleinen Raum, ähnlich einer Mensa, aufhalten. Sie schenken uns keinerlei Beachtung, wohingegen ich angestrengt Ausschau nach Michaels Sohn halte. Einen Passanten nach dem anderen unterziehe ich einer ausführlichen Betrachtung, als mich auch schon das Drängen meines physischen Körpers nach meiner Rückkehr erreicht. „Verdammt!", ärgere ich mich, „Hätten wir doch bloß noch etwas mehr Zeit zur Verfügung."

Obwohl sich Michael kein bisschen an unseren nächtlichen Ausflug erinnern konnte, waren wir dennoch ein entscheidenden Schritt vorwärts gekommen. Einerseits waren ihm seit langem wieder einmal mehrere Träume pro Nacht im Gedächtnis geblieben, andererseits war es uns erfolgreich geglückt, von einer in eine andere Ebene zu wechseln. „Das sind hervorragende Neuigkeiten!", ermutigte ich Michael und war voller Zuversicht, dass wir uns auf einem guten Weg befanden. Im Grunde genommen näherten wir uns in jeder Nacht einander an und stimmten uns auf die Schwingung des jeweils anderen ein. Dabei suchten wir jenen gemeinsamen Nenner, der es uns möglich machen würde, gemeinsam eine stabile, außerkörperliche Erfahrung zu erleben. Insbesondere Michael machte weiterhin riesige Fortschritte und gelangte mit der Zeit ganz automatisch während seiner Meditationen in den Schwingungszustand, während ich mich mit einem neuen Problem konfrontiert sah.

Ich werde in einem meiner Träume luzid und mache einen schnellen Realitycheck, der mir bestätigt, dass ich mich in einem Klartraum befinde. Doch um zu Michael zu gelangen, bleibt mir nichts anderes übrig, als in meinen Astralkörper zu wechseln, denn nur dann würde ich ihn auch wirklich abholen können. Also stelle ich mich aufrecht hin, schließe meine

Augen, strecke beide Arme zur Seite und lasse mich mit der Absicht, in meinen Energiekörper zu wechseln, nach hinten fallen. Doch ganz gleich, was ich auch tue, mein anschließender Reality Check verdeutlicht jedes Mal, dass ich nach wie vor luzid bin. Verunsichert starte ich einen Versuch nach dem Anderen um letztendlich festzustellen, dass, ganz gleich auch was ich tue, nichts davon funktioniert.

Verwundert nahm ich tags darauf die Ereignisse der vergangenen Nacht etwas genauer unter die Lupe und versuchte den Fehler, den ich augenscheinlich begangen hatte, ausfindig zu machen. Ohne in die astrale Ebene zu wechseln, würde ich Michael und Julian nicht abholen können und ihr Wunsch, ihre Liebsten zu sehen, würde unerfüllt bleiben. Entschlossen wartete ich auf die nächste sich mir bietende Gelegenheit, um mich auf die Suche nach einer Lösung für dieses Problem zu machen.

Wie bereits in der Nacht zuvor werde ich rasch in einem meiner Träume luzid und bringe erneut meine gewohnte Technik zum Einsatz, um in Folge dessen in die astrale Ebene zu wechseln. Mehrere Durchgänge später komme ich jedoch nicht daran vorbei, mir einzugestehen, dass meine bisherige Methode nicht mehr länger den gewünschten Nutzen nach sich zieht. Frustriert überlege ich, was ich sonst noch versuchen könnte, als ich neben mir schemenhaft eine Gestalt wahrnehme. „Luna!", rufe ich verzückt. „Wie schön dich hier zu sehen." Im Nu habe ich mein aktuelles Problem vergessen und möchte mich meiner

Tochter zuwenden, als mir diese unmittelbar zu verstehen gibt: „Los, beeil dich! Wir dürfen keine Zeit verschwenden!" Kaum ausgesprochen deutet sie Richtung Couchtisch und bittet mich darum, mich auf ihn zu stellen. „Denk daran, was du gelernt hast!", erinnert sie mich und ohne auch nur eine einzige Sekunde lang daran zu zweifeln, leiste ich ihren Worten Folge. Aufs Neue schließe ich meine Augen, strecke beide Arme zur Seite und lasse mich rücklings nach hinten fallen. „Ich lande jetzt in meine Astralkörper!", fordere ich und spüre, wie sich erste zarte Schwingungen über meinen Körper ausbreiten. Ich fühle deutlich, wie ich Meter für Meter nach unten falle und je tiefer ich sinke, umso stärker werden die Vibrationen. Entschlossen nehme ich all meinen Mut zusammen und versuche mich an einer Austrittstechnik. Ich entschwebe und überprüfe gleichzeitig anhand eines Reality Checks, ob mir mein Vorhaben dieses Mal geglückt ist. „1 ,2 ,3 ,4 ,5 ,6 ….7!", zähle ich die Finger meiner Hand. „Verdammt, immer noch luzid." Schon möchte ich Luna nach ihrer Meinung fragen, als ich im selben Moment die Kontrolle verliere und alles um mich herum nach und nach zu verblassen beginnt. „Denk daran, was du gelernt hast! Ab sofort werde ich dich bei deinen Astralreisen unterstützen", höre ich Lunas Stimme, einstweilen ich im Wohnzimmer lande und ich mir ein Mal mehr den Kopf darüber zerbreche, was ich falsch gemacht haben könnte.

Meine Stimmung hatte einen absoluten Tiefpunkt erreicht und nur mit viel Mühe und Not gelang es mir den laufenden Alltag zu bewältigen. Mein Fokus lag nun einmal voll und ganz auf der Nacht, woran sich seit Lunas Tod kaum etwas geändert hatte. Wen kümmerten schon die üblichen Belange des Alltags, wenn man doch stattdessen das Jenseits erkunden kann? Während ich mich Tag für Tag und Nacht für Nacht darauf fokussierte, Michael sowie auch Julian abzuholen, waren meine eigenen Bedürfnisse nach und nach in den Hintergrund gerückt. Gleichzeitig wurde ich zunehmend unzufriedener. Mit dem Leben, mit meinem Umfeld und allem voran mit mir selbst. Kaum hatte ich den Eindruck einen Schritt vorwärts gemacht zu haben, sah ich mich mit einem neuen Hindernis konfrontiert, das mich ein Mal mehr ausbremste. Hatte ich mir möglicherweise die ganze Zeit über etwas vorgemacht? Sollte es im Grunde genommen gar nicht meine Bestimmung sein das zu tun? Oder war es vielmehr mein Ego, das mir vorgaukelte, zu etwas berufen zu sein, was schlichtweg nicht der Wahrheit entsprach? Doch aus welchem Grund war mir dann vergangene Nacht meine Tochter begegnet und hatte mir ihre Unterstützung zugesagt?

„Guten Morgen, Anika. Heute Nacht war ich so kurz davor, meine erste außerkörperliche Erfahrung zu erleben. Die Schwingungen waren so stark wie noch nie und mir ist es dieses Mal sogar ziemlich gut gelungen, meine Gedanken unter Kontrolle zu bringen. Ich bin schon gespannt, wohin sich das alles noch entwickeln wird. "

Michael war einfach großartig. Seine Motivation und sein unermüdlicher Einsatz entfalteten weiterhin ihre Wirkung und es wurde höchste Zeit den nächsten Schritt zu tun. „Klingt fast so, als wäre es Zeit für eine Austrittstechnik!", schrieb ich ihm und musste dabei unweigerlich an die vergangene Nacht zurückdenken. Wie einfach es doch gewesen wäre, ihn im Schwingungszustand aus seinem physischen Körper zu ziehen, doch leider war es nicht dazu gekommen. Die Kinder waren so unruhig wie noch nie gewesen und so war an eine Schlafunterbrechung zum passenden Zeitpunkt, geschweige denn daran, eine außerkörperliche Erfahrung einzuleiten, nicht einmal im Traum zu denken. Immer öfter überkamen mich Zweifel, die mich mein gesamtes Vorhaben in Frage stellen ließen. Befand ich mich noch auf dem richtigen Weg oder war ich längst davon abgekommen? Den ganzen Tag über dachte ich darüber nach und kam doch auf keinen grünen Zweig. Es war meine Angst davor zu scheitern und Michael zu enttäuschen, die mich davon abhielt, weiterhin im Vertrauen zu bleiben. Als ich drauf und dran war alles hinzuwerfen, hatte ich nachts einen Traum, der mir, genau zum richtigen Zeitpunkt, den Weg wies.

Ich stehe an einem Bahnhof. Während sich haufenweise Leute im Eingangsbereich tummeln, begebe ich mich auf direktem Weg Richtung Bahnsteig. Keinesfalls möchte ich wertvolle Zeit verschwenden, sondern so schnell wie möglich nach Hause gelangen. Auf dem Weg dorthin komme ich zu mehreren Rolltreppen und frage mich, welche davon ich nehmen soll. Wie aus dem Nichts höre ich in unmittelbarer Nähe ein Kind lauthals aufschreien und komme gerade noch rechtzeitig dazu, einen kleinen Jungen aufzufangen, der versehentlich die Treppen hinab gestürzt ist. Reflexartig greife ich zu und kann ihn wohlbehalten und unversehrt seiner Mutter zurückbringen. „Ich danke dir", sagt diese und atmet erleichtert auf. In dem Moment erkenne ich den Sinn hinter alledem und verstehe, dass das genau der Weg ist, der für mich vorgesehen ist, auf meinem Weg nach Hause. Eltern und ihre verloren geglaubten Kinder zusammenzuführen.

Rückblickend musste ich mir eingestehen, viel zu angespannt an die ganze Sache herangegangen zu sein. Glücklicherweise hatte ich Michael an meiner Seite, der weitaus gelassener war, als ich es jemals sein konnte. Er war zu jeder Zeit dazu bereit mit offenen Armen alles zu empfangen, das ihm zuteil wurde, sei es auch noch so klein und unbedeutend, wofür ich ihn bis heute bewundere.

Ich habe heute Nacht einen weiteren Klartraum und bin fest dazu entschlossen dieses Mal nicht zu scheitern. Unverzüglich lasse ich mich nach hinten fallen. „Ich lande jetzt in meinem Astralkörper!", denke ich und spüre das Einsetzen des Schwingungszustandes. Während ich mich vollends auf das Fallgefühl konzentriere, strömen heftige Vibrationen durch meinen gesamten Körper. Im nächsten Schritt stelle ich mir vor, leicht wie eine Feder zu sein und beende den freien Fall um in entgegengesetzter Richtung und beginne nach oben zu schweben. Mein Astralkörper löst sich, was wiederum das sofortige Ende des Schwingungszustandes bedeutet. „Klare Sicht jetzt", fordere ich, so lange bis sich die Schwärze um mich herum lichtet und ich über freie Sicht verfüge. Ich schwebe eine

Weile über der Wohnzimmercouch, bis ich mich auf direktem Weg durchs Fenster in den Garten hinaus mache. Völlig problemlos dringe ich durch das Glas und spüre die angenehme Kälte der Nacht, die mir dabei entgegenschlägt. „Michael, jetzt!", rufe ich in Gedanken und nehme umgehend an Geschwindigkeit zu. Ohne zu wissen wohin genau ich fliege, treibe ich weit hinauf in den Nachthimmel. Keine fünf Minuten später mache ich unter mir eine Häuserlandschaft ausfindig. Eines davon sticht mir besonders ins Auge, weshalb ich mich dazu entschließe in unmittelbarer Nähe davon zu landen. Bereits während des Landeanfluges nehme ich deutliche Abweichungen im Raum-Zeit-Gefüge wahr, die darauf hindeuten, dass mein Erlebnis droht, instabil zu werden. Noch ehe ich eine Stabilisierungstechnik zum Einsatz bringen kann, werde ich in meinen physischen Körper zurück katapultiert. „Dabei war ich so nah dran!", ärgere ich mich maßlos über mich selbst, nicht ohne dabei auch noch einen Rat von der geistigen Welt zu erhalten. „Halte den Fokus und visualisiere dein Ziel", gibt man mir zu verstehen und ich weiß, ich habe noch einen weiten Weg vor mir.

Freunde fürs Leben

Du und ich, wir sind Freunde für alle Zeiten. Du denkst vielleicht wir wären Fremde und doch kennen wir uns seit abertausenden von Jahren. Wir sind diejenigen, die immerzu waren und fortwährend sein werden. Seite an Seite unterstützen wir uns dabei zu säen, zu gedeihen, zu wachsen und zu ernten. Dabei erlangen wir unermessliche Größe und eines Tages wirst du in meine Fußstapfen treten, um zu begleiten und jemandes Freund zu sein.

Jeder von uns gelangt mindestens einmal in seinem Leben an den Punkt, an dem er sich nichts sehnlicher wünscht als einen guten Freund an seiner Seite zu haben, um ihn um Rat und Hilfe zu bitten. Wie schön wäre es doch in einer scheinbar aussichtslosen Situation Unterstützung von außen zu erhalten und doch vereinsamen bzw. verzweifeln auf dieser Welt viel zu viele Menschen, in dem Glauben mit ihren Problemen ganz auf sich alleine gestellt zu sein. Unterdessen gestaltet sich die Realität vollkommen anders, denn niemand von uns ist jemals alleine, sondern hat eine ganze Reihe von Helfern an seiner Seite, die nur darauf warten, Hilfe leisten zu dürfen.

Ihr Name ist Anna. In ein bodenlanges, weißes Gewand gehüllt sieht sie aus wie ein Engel und ihre zarten Gesichtszüge strahlen jene Art von Unschuld aus, die wir nur von unseren Kindern kennen. Anna ist Geistführerin und begleitet ihren irdischen

Schützling bereits über viele Inkarnationen hinweg. Auch sie war einst hier auf Erden inkarniert, lange Zeit bevor sie diese wichtige und wertvolle Aufgabe übernommen hat. Zu diesem besonderen Anlass hat sie ein Geschenk für meine Klientin mitgebracht. Eine wunderschöne Sonnenblume, die einerseits das Strahlen eines unvergesslichen Sommers, andererseits Wärme, Lebensfreude und Fröhlichkeit widerspiegelt. Ihre Botschaft ist voller Worte der Liebe und Weisheit. Sie lautet: „Du und ich, wir sind auf ewig miteinander verbunden. Ich kenne dich, so gut wie sonst niemand hier auf dieser Welt sowie jenseits davon. Eines Tages wirst du dich daran erinnern, wenn der richtige Zeitpunkt dazu gekommen ist."

Jeder Mensch wird von einem ganzen Team von sogenannten „Spirit Guides" begleitet. Darunter befinden sich nicht nur mehrere Geistführer, sondern nicht selten sind darunter auch Verstorbene zu finden, die dir mit Rat und Tat zur Seite stehen. Einige davon helfen dir bestimmte Bereiche unser Leben bzw. deiner Entwicklung betreffend, dabei kann es durchaus passieren, dass du für die Dauer eines bestimmten Zeitraums einen neuen Geistführer in deinen Reihen begrüßen darfst, um ein konkretes Thema zu bearbeiten. Dennoch gibt es immer einen Hauptgeistführer, der dich seit Anbeginn deiner Existenz als Seele begleitet. Er ist sozusagen dein allerbester Freund und kennt dich so gut wie niemand sonst, auch wenn du dir dessen nicht immer bewusst bist. Manche Geistführer haben selbst unzählige Inkarnationen hinter sich gebracht, andere wiederum haben niemals diese Erfahrung gemacht. Diese Spirit

Guides, deine Helfer aus der geistigen Welt, unterstützen dich auf deinem Lebensweg, indem sie dir immer wieder subtile Hinweise darauf liefern, welcher Weg für dich und deine spirituelle Entwicklung am günstigsten wäre. Gleichzeitig steht es dir frei, sie jederzeit um zusätzliche Unterstützung zu bitten, denn erst wenn du darum bittest, werden deine geistigen Helfer aktiv und werden dir Hilfe leisten. Ihr seid dabei nicht nur Freunde fürs Leben, sondern dürft darüber hinaus Seite an Seite die Ewigkeit miteinander verbringen. In den vergangenen Jahren habe ich, als direktes Resultat der Weiterentwicklung meiner übersinnlichen Fähigkeiten, gelernt zwischen der Anwesenheit verschiedenster Wesenheiten zu differenzieren. Dabei sind mir nicht nur Mitglieder meines eigenen Spirit Teams untergekommen, sondern ich hatte auch die wunderbare Gelegenheit dazu, die unterschiedlichsten Entitäten kennenzulernen, deren Reinheit und Schönheit schlichtweg unbeschreiblich und nicht von dieser Welt sind. Sehr häufig taucht während eines meiner Channelings ein Geistführer auf, um sich einerseits zu erkennen zu geben, andererseits um seinem Schützling wertvolle und wichtige Botschaften zu übermitteln. Zusätzlich gibt er dabei, sofern danach gefragt wird, auch spannende Informationen über sich selbst Preis, die uns nicht nur einen weiteren Einblick in die Strukturen der geistige Welt offenbaren, sondern auch unsere Beziehung zu unserem Guide stärken. Meiner Erfahrung nach sind unsere geistigen Helfer stets dazu gewillt, uns bei den unterschiedlichsten Vorhaben zu unterstützen, doch es liegt an uns, sie darum zu bitten.

Beim heutigen Channeling offenbart sich mir ein weiterer Geistführer. Sein Name ist Sully und er gibt an, in seiner letzten irdischen Inkarnation als Polizist tätig gewesen zu sein. Nun unterstützt er meine Klientin in vielerlei Hinsicht und greift ihr hilfreich unter die Arme. Sully hat auch für sie zur heutigen Sitzung ein Geschenk mitgebracht. Es handelt sich um ein Symbol geistigen Ursprungs, in Form einer Schnecke, die daran erinnern soll, langsam voranzuschreiten, um Fehler, die in der Hast begangen werden, zu vermeiden. Ebenso verweist sie darauf, geduldig zu sein, sich Schritt für Schritt auf jenes Ziel zuzubewegen, das meine Klientin sich für diese Inkarnation gesetzt hat. Ehe Sully sich von uns verabschiedet hinterlässt er folgende Botschaft, die Hinweise auf ein konkretes Lebensziel offenbart, das sich meine Klientin für die aktuelle Inkarnation gesetzt hat. Sie lautet: „Ich erinnere dich daran, dir keinen Druck zu machen. Du wirst immerzu dorthin gelangen, wohin du möchtest. Dabei ist es wichtig, deine Aufmerksamkeit regelmäßig von außen nach innen zu verlagern. Lerne die Schattenseiten deines Lebens zu bewältigen und dich mit ihnen zu versöhnen, erst dann kannst du dich wieder ins Licht begeben und das Leben leben, das für dich bestimmt ist."

Nicht selten verändert sich durch ein derartiges Zusammentreffen das Leben meiner Klienten nachhaltig. Nicht nur, dass sie sich der Tatsache bewusst werden, dass sie niemals alleine sind, sie begreifen nach und nach, dass hinter ihrem Leben weitaus mehr steckt, als sie jemals geahnt hätten.

Während meines heutigen Channelings gibt sich meiner Klientin und mir eine Geistführerin zu erkennen. Bekleidet mit einem dunkelfarbigen Umhang mit Kapuze tritt sie uns entgegen und stellt sich als Leandra vor. Im selben Augenblick blitzt vor meinem inneren Auge das Wort "Assassin" auf. Ein direkter Hinweis auf die kämpferische Wesensart, die dieses geistige Wesen ausstrahlt, sowie ein bestimmtes Lebensziel ihres irdischen Schützlings. Assassinen sind Freiheitskämpfer, die gegen Unterdrückung auf allen Ebenen ankämpfen. Sie sind davon überzeugt, dass Frieden nur dann herrschen kann, wenn alle Menschen frei sind.

Leandra hat eine überirdisch schöne, rosafarbene Lotusblüte mitgebracht. Ein Symbol für pure Reinheit und das Sinnbild für Erleuchtung. In ein ebenso rosafarbenes Licht gehüllt, tritt Leandra in voller Pracht und Stärke auf. Genauso wie ihr Schützling hat auch sie bereits unzählige irdische Inkarnationen hinter sich gebracht. Möglicherweise sogar die eine oder andere Gemeinsame, kommt mir augenblicklich in den Sinn, als die Geistführerin ein Geschenk zückt. Es handelt sich dabei um eine wunderschön verzierte Armbrust. „Sie wird sie brauchen", gibt sie mir zu verstehen und nickt dabei wissend. Ich bedanke mich, als Leandra mir folgende Worte zukommen lässt. „Sie ist eine Heilerin. Das ist es, was sie ist, was sie tun muss und auch tun wird." Gleichzeitig nehme ich deutlich das Bild eines Regals voller kleiner befüllter Fläschchen vor mir wahr. Eine unidentifizierbare Flüssigkeit scheint sich darin zu befinden.

„Konfrontation wird geschehen", gibt Leandra nachdrücklich zu verstehen, „Konfrontation auf sämtlichen Ebenen". Ich verstehe. Deshalb die Armbrust. Meine Klientin wird sie benötigen, um ihre Ansichten zu verteidigen.

Seelenverwandt

Es ist kurz vor halb vier Uhr morgens und ich meditiere, als ich plötzlich die Anwesenheit meines Sohn spüre. „Was machst denn du hier?", frage ich irritiert, denn ursprünglich war ausgemacht, dass Julian heute bei seinen Großeltern übernachtet, weshalb ich ziemlich erstaunt darüber bin, ihn hier bei mir anzutreffen. „Ich wollt nur mal eben hallo sagen!", gibt er mir lächelnd zu verstehen und beginnt sich einen Augenblick später auch schon wieder in Luft aufzulösen. Gerade noch rechtzeitig nehme ich eine weitere Gestalt in Form eines kleinen blonden Mädchens unmittelbar neben ihm wahr, welches haargenau so aussieht wie meine verstorbene Tochter Luna.

Während mein Sohn allen Anschein nach die Nächte dazu nutzte im Beisein seiner Schwester die astralen Ebenen zu erkunden, um am Morgen darauf alles wieder zu vergessen, erhielt ich wiederum Besuch von Michael und seiner Frau, einer bezaubernden jungen Dame aus Transsylvanien, die nicht nur über außergewöhnlich ausgeprägte Hellsinne verfügt, sondern darüber hinaus auch atemberaubend schön ist. Wir hatten bereits vor Monaten davon gesprochen einander zu sehen und weil Michael und Christina lediglich eine knappe Autostunde von uns entfernt wohnten, freute ich mich sehr darüber, als sie dann eines Tages tatsächlich vor meiner Tür standen. Ein jeder mit haufenweise Geschenken unter den Armen, begrüßten wir einander als würden wie uns schon ewig kennen. Zusammen verbrachten wir einen herrlichen Sommertag voller intensiver und erkenntnisreicher Gespräche ehe die beiden sich wieder verabschiedeten, nicht ohne gleich ein weiteres Treffen zu vereinbaren.

Während wir im Garten saßen und uns unterhielten, kamen wir, wie sollte es anders sein, auch immer wieder auf das Phänomen der außerkörperlichen Erfahrungen zurück, denn Michael hatte haufenweise Material mitgebracht, das er sich im Laufe der Zeit zu diesem Thema angeeignet hatte. „Ich kenne kaum jemanden, der sich derart intensiv und hartnäckig damit beschäftigt wie du", stellte ich beeindruckt fest, als ich damit fertig war, seine Unterlagen durchzublättern. Ganze eineinhalb Jahre übte Michael bereits und das, ebenso wie ich, Nacht für Nacht. Zwar gelang es ihm seit geraumer Zeit zunehmend öfter in den Schwingungszustand zu gelangen, von einem Austritt oder gar einem Wiedersehen mit seinem Sohn aber war weit und breit nichts in Sicht. Es war deutlich, wie sehr er sich mit aller Kraft darum bemühte, endlich Erfolg zu haben und ihn rein gar nichts dazu bringen konnte aufzugeben, weil es, abgesehen von seiner Familie, das Einzige in seinem Leben war, das ihm Halt gab. Bis heute erinnere ich mich daran, wie liebevoll die beiden an diesem Tag miteinander umgegangen sind und ich wusste sofort, dass sie herzensgute Menschen sind. Noch lange Zeit nachdem wir uns voneinander verabschiedet hatten, dachte ich an Michael und seine Frau. „Ich wünsche es ihm von ganzem Herzen, endlich seinem Sohn zu begegnen", befand ich und schickte meine Wunsch sogleich an die geistige Welt, ehe ich mich daran machte, mich auf die kommende Nacht einzustimmen.

Die halbe Nacht über befinde ich mich in einer Art leichten Dämmerschlaf, als mich zwischendurch immer wieder Botschaften geistigen Ursprungs erreichen, die nicht ausschließlich an mich, sondern auch an meinen Freund Michael gerichtet sind. Botschaften, die nicht nur erklären, weshalb meinem Freund bislang ein Wiedersehen mit seinem Sohn verwehrt geblieben ist, sondern zusätzlich aufzeigen, auf welche Art und Weise Seelen konkrete Absprachen miteinander treffen, ehe sie abermals Seite an Seite inkarnieren. „Die ganze Sache ist weitaus größer, als ich jemals geahnt hätt.", kommt mir dabei in den Sinn, ehe ich die geistige Welt mit weiteren Fragen meine aktuelle Inkarnation betreffend, löchere. „Ich muss unverzüglich Michael darüber in Kenntnis setzen."

Inwiefern sprechen Seelen sich untereinander ab, ehe sie als menschliche Wesen hier auf Erden inkarnieren? Welche Auswirkungen haben unsere jeweiligen Aufgaben aufeinander und wie um alles in der Welt gelingt es uns darauf Einfluss zu nehmen? Gibt es tatsächlich so etwas wie Seelenverwandte und falls ja, wie gelingt es uns, einander zu erkennen? Im Laufe unseres irdischen Daseins begegnen wir unheimlich vielen Menschen, die uns sowie unser Leben nachhaltig beeinflussen. Das kann der nette Nachbar von nebenan sein, die fleißige Obstverkäuferin vom Wochenmarkt, der strenge Lehrer, der dich zu Schulzeiten neben Mathe auch Respekt gelehrt hat, oder deine erste große Liebe, die dich als Teenager mitten ins Herz getroffen und dir von einem Moment auf den anderen den Boden unter den Füßen weggezogen hat. Obwohl sich viele davon lediglich als flüchtige Bekanntschaften erweisen, so kann es dennoch passieren, dass sie im großen Gefüge des Kosmos eine ganz wesentliche Rolle in deinem Leben einnehmen und Teil deiner Seelenfamilie sind. Jeder Mensch inkarniert mit einem ganzen Rucksack voller Aufgaben, von denen er sich vorgenommen hat, sie zu bewältigen. Parallel dazu starten weitere Mitglieder seiner Ursprungsfamilie von der geistigen Welt in die eigenen irdischen Leben, nicht ohne selbst ordentlich Gepäck im Schlepptau zu haben. Die Bedingungen hier auf Erden erweisen sich als äußert nützlich und effizient, wenn es darum geht, sich spirituell weiterzuentwickeln. Sehr oft treffen wir dabei Übereinkommen, um uns gegenseitig zu unterstützen und bei der Bewältigung unserer Aufgaben zu helfen. Das Konstrukt hinter derartigen Seelenabsprachen ist, wie mir scheint, hochkomplex und doch werden wir niemals dazu in der Lage sein, zu Lebzeiten vollen Einblick zu erhalten, denn das könnte sich für unseren Lernprozess als durchaus hinderlich erweisen. Auch Michael und ich sind einander nicht zufällig begegnet, ebenso wenig war es Zufall oder Glück gewesen, dass ihm diese zauberhafte Frau über den Weg gelaufen ist, die er wenig später heiraten durfte. Sie waren sozusagen Seelenverwandte über die irdische Ebene hinaus und hatten auch in diesem Leben zueinander gefunden. Vielleicht hast du selbst schon einmal die Erfahrung gemacht und hast eine Person kennengelernt, bei der du das Gefühl hattest, als würdet ihr einander weitaus länger kennen. Das könnte darauf hindeuten, dass du einem weiteren Mitglied deiner Seelenfamilie begegnet bist. Wir sind sogar dazu in der Lage einander über Kontinente hinweg zu finden, nur um unserer Bestimmung zu folgen. Dabei hat ein jeder von uns sein Päckchen zu tragen bzw. abzuarbeiten und doch wirken wir auf die Aufgaben des jeweils anderen und leisten dabei wertvolle Hilfestellungen, auch wenn wir uns darüber nicht im Klaren sind. So war es vorherbestimmt, dass Michael sich derart intensiv mit dem Erlernen von außerkörperlichen Erfahrungen aufhalten sollte und es war ebenfalls kein Zufall, dass er bislang noch keinen Erfolg damit hatte.

„Es liegt an unserer Seelenabsprache", erklärte ich ihm und versuchte dabei, die zahlreichen Botschaften der vergangenen Nacht in Worte zu fassen. „Durch deine umfassende Auseinandersetzung mit diesem Thema, dem vielen Üben, hast du dir einen nicht unbeachtlichen Fundus an Methodenwerk angeeignet, der dir dabei helfen wird, eines Tages andere dazu zu befähigen selbst zu lernen ihren physischen Körper zu verlassen. Es ist Teil deiner Berufung und ebenso wie ich, wirst du seit geraumer Zeit Schritt für Schritt von deinem geistigen Team darauf vorbereitet, was noch kommen wird bzw. was du dir für dieses Leben vorgenommen hast. Du wirst einen wesentlichen Beitrag im Sinne von Heilung hier auf Erden leisten und damit unzähligen Menschen eine vollkommen neue Sichtweise auf das Leben und den Tod ermöglichen. Und weil wir beide einander bereits in unzähligen Leben zuvor begegnet sind, so werden wir uns auch dieses Mal gegenseitig unterstützen, unsere Saat zu pflanzen, sodass sie aufgehen, gedeihen und dauerhaft wirken mag. Aus diesem Grund ist es an mir, dich aus deinem physischen Körper zu ziehen, denn du hast dich dazu bereiterklärt, lange bevor wir einander kannten und doch waren wir uns zu keinem Zeitpunkt fremd." Ich sprach deutlich aus, was ich bei unserer ersten Begegnung gespürt hatte und wusste, ohne auch nur ein Wort darüber zu verlieren, dass es meinem Freund ebenso erging. Seine Frau, die ihm wie durch einen glücklichen Zufall über den Weg gelaufen war, war ein wesentlicher Teil dieses großen Ganzen und bekräftigte Michael dazu, neue Wege einzuschlagen. Wege, von deren Existenz er niemals zuvor gehört hatte und doch schlug er genau die Richtung ein, die ihm vorherbestimmt war.

Schließlich mussten wir erkennen, dass er erst dann in der Lage sein würde aus eigener Kraft seinen physischen Körper zu verlassen, wenn ich es geschafft hatte ihn abzuholen. Ebenso wie ich hatte er mir damals, als wir noch nicht inkarniert waren, versprochen, mich dabei zu unterstützen mich auf geistiger Ebene weiterzuentwickeln und meinen Seelenplan zur Vollendung zu bringen. Eltern, die ihr Kind verloren haben, aufzuzeigen, dass der Tod nicht das Ende ist und ihnen darüber hinaus die Möglichkeit zu geben, es, vor dem eigenen Lebensende, wieder in die Arme zu schließen, um zu erkennen, was tatsächlich ist. Wir sind niemals voneinander getrennt und selbst der größte Schmerz von allen, der Verlust des eigenen Kindes, vermag dazu im Stande sein, eines Tages zu heilen. Manchmal, wenn du dich an einem dunklen Ort befindest, denkst du, du wärst begraben. Aber in Wahrheit wurdest du lediglich eingepflanzt, um aus Schmerz, Trauer und Hoffnungslosigkeit etwas Neues entstehen und wachsen zu lassen, etwas, dessen Schönheit du dir niemals zuvor hättest erträumen können.

Weder Michael noch ich haben heute Morgen auch nur ansatzweise irgendeine Art von Erfolg zu verzeichnen. Während ich mich in der vergangenen Nacht von der steigenden Anzahl an Botschaften der geistigen Welt, die mich mittlerweile im Sekundentakt erreichen, aus der Ruhe bringen lasse, kämpft Michael abermals mit der Flut seiner Gedanken. Statt wie üblich eine Stunde, bleibe ich, unfreiwillig, ganze zweieinhalb Stunden wach, ehe es mir endlich gelingt meinen physischen Körper zu verlassen. Eine ganze Weile lang fliege ich über hunderte von Baumwipfel, während ich über mir den Nachthimmel wahrnehme. Als ich mich dann meines eigentlichen Ziels besinne, nämlich Julian und Michael abzuholen, schnelle ich unverzüglich zurück und finde mich binnen Sekunden auf der Wohnzimmercouch wieder. „Es ist an der Zeit, dich mit einer basischen Ernährung auseinanderzusetzen", hallt es deutlich in meinem Kopf und ich komme nicht drumherum, mich zu fragen, wie viele Lebensmittel wohl noch übrig bleiben werden, die ich ruhigen Gewissens zu mir nehmen darf.

Vollkommen frustriert angesichts der Ereignisse der vergangenen Nacht quälte ich mich tags darauf in den Supermarkt, um entsetzt festzustellen, dass bei der ganzen Sache tatsächlich nicht mehr viel für mich zu essen übrig bleibt. „Ist das euer Ernst?", ärgerte ich mich, während ich mich mit halb leerem Einkaufswagen und knurrendem Magen Richtung Kassa begab. „Soll das Leben denn gar keinen Spaß mehr machen?" Ungeachtet dessen wollte ich mich auch bei dieser

Aufgabe um ein gewisses Maß an Unvoreingenommenheit bemühen und mich von dem tatsächlichen Nutzen meines Verzichtes selbst überzeugen. Es lag mir fern, mich den Anweisungen der geistigen Welt zu widersetzen, denn letztendlich stand außer Frage, dass ich dazu bereit war alles dafür zu tun, um meine Mission hier auf Erden zu erfüllen.

Dea, die Himmlische

Auch in der heutigen Nacht läuft alles schief, was nur schieflaufen kann. Zunächst einmal hält mich eine überaus lästige Mücke davon ab, meinen Meditationsübungen nachzugehen. Kurz darauf spüre ich einen stechenden Schmerz im Oberkörper und ich ahne, dass sich wieder einmal eine weitere Entzündung, hervorgerufen durchs Stillen, ankündigt. Gefolgt von pochenden Kopfschmerzen sowie einem immer stärker werdenden Kratzen im Halsbereich könnte es kaum schlimmer sein. „Warum macht ihr es mir nur so schwer?", frage ich frustriert mein geistiges Team und halte trotz aller Widrigkeiten an meiner nächtlichen Routine fest. Irgendwann schlafe ich, begleitet von heftigen Schmerzen ein und werde in einem meiner Träume luzid. Was danach passiert, entzieht sich meiner Kenntnis. Ich kann mich an rein gar nichts erinnern und als ich das nächste Mal munter werde, ärgere ich mich über alle Maßen. „Was hab ich denn jetzt schon wieder falsch gemacht?", bitte ich verzweifelt um Hilfe und erhalte die Information, dass ich Michael und Julian soeben zu einem kurzen Trip ins Jenseits abgeholt habe. „Und warum kann ich mich dann nicht daran erinnern?", hake ich nach, doch dieses Mal bleibt es um mich herum still. Kurze Zeit später habe ich einen Traum, der mir nicht nur eine Antwort auf meine Frage liefert, sondern auch preisgibt, wer bzw. was mit mir die ganze Zeit über kommuniziert.

Ich träume und stehe vor einer ewig langen Treppe, die mich schnurstracks hinauf in den Himmel führt. Derartige Stufen habe ich noch nie zuvor gesehen und der Aufstieg gestaltet sich alles andere als einfach. Oben angekommen baut sich vor mir ein imposanter Vergnügungspark auf und ich irre orientierungslos darin herum. Ich habe keine Ahnung, wo ich gelandet bin und doch weiß ich, dass ich hier alles andere als richtig bin. Unverzüglich nehme ich eine Frauenstimme wahr, die mit ausländischem Akzent zu mir spricht. „Du musst in das nächsthöhere Stockwerk hinauf. Doch für heute ruhe dich aus, denn dir geht es nicht gut." Neugierig, wer da zu mir spricht, mache ich Halt. „Bist du meine Geistführerin?", möchte ich wissen und keine Sekunde später erreicht mich auch schon ein eindeutiges Ja. Aufgeregt schwirren mir dutzende Fragen im Kopf herum und ich möchte die Gelegenheit nicht ungenutzt lassen mehr über dieses Wesen zu erfahren. „Wie ist dein Name?", erkundige ich mich. „Ich heiße...", vernehme ich und bemerke, dass ich kurz davor bin aufzuwachen.

Aus unerklärlichen Gründen war es mir nicht gelungen den Namen meiner Geistführerin mit ins Wachbewusstsein zu nehmen und doch wusste ich, dass er nicht von dieser Welt war. Nichtsdestotrotz freute ich mich riesig, wenn auch nur ganz kurz, ihre Bekanntschaft gemacht zu haben, als mir eine meiner früheren Reisen in den Sinn kam, bei welcher ich auf eine Entität gestoßen war, die etliche Parallelen zu dieser Frau aufwies.

Seit einer ganzen Weile schon fliege ich über eine atemberaubend schöne Landschaft, als ich mich dazu entschließe in der Nähe einer kleinen Waldlichtung zur Landung anzusetzen. Unten angelangt dringt heiteres Vogelgezwitscher an meine Ohren, indes eine imposante Eule im Dickicht des Blattwerks das Weite sucht. Ich genieße die Abgeschiedenheit, den dieser Ort mit sich bringt und möchte mich einen Moment lang ausruhen, ehe ich mich weiter auf Entdeckungsreise begebe. Wie aus heiterem Himmel lässt sich neben mir das verschwunden geglaubte Eulentier nieder und als ich mich nach ihm umdrehe, kommt zwischen den Bäumen eine Holzhütte zum Vorschein. „Ob die wohl schon die ganze Zeit über hier gewesen ist?", frage ich mich, stehe auf und gehe schnurstracks darauf zu.

Ein wenig in die Jahre gekommen erkenne ich deutlich, dass es sich dabei einst um ein ganz zauberhaftes Plätzchen zum Ausruhen gehandelt haben muss, als sich plötzlich eines der vielen Fenster öffnet und mir eine mir gänzlich unbekannte Frau freudig entgegen winkt. „Ich habe bereits auf dich gewartet!", gibt sie mir zu verstehen und ich frage mich, woher sie wusste, dass ich herkommen würde. Meine Gastgeberin hat schwarzes gelocktes Haar und ist um die Vierzig. Auf gewisse Art und Weise strahlt sie etwas Mütterliches aus und doch nehme ich so etwas wie eine längst vergessenen Freundschaft zwischen uns wahr. „Ich weiß doch immer, wo du dich aufhältst", erklärt sie und lächelt mir dabei keck entgegen,

„Immerhin bin ich deine Geistführerin." „Wie ist dein Name?",
frage ich und bin voller Neugierde. Unverzüglich öffnet das
Wesen beide Hände und zwei strahlend leuchtende
Energiekugeln kommen darin zum Vorschein. „Mein Name ist
Dea. Dea, die Himmlische."

Heute schon gelächelt?

Wenn ein geliebter Mensch stirbt kehrt nicht selten das Gefühl ein, rein gar nichts, abgesehen von Trauer, Wut und Hoffnungslosigkeit, zu fühlen. Sämtliche aufkommenden negativen Gefühle umschließen dein Herz wie ein dunkler Schleier und du bist davon überzeugt nie wieder so etwas wie Freude empfinden zu können. Warum ich? Warum musste das ausgerechnet mir passieren und keinem anderen? Dutzende Fragen geistern dir im Kopf herum und dennoch erhältst du keine Antwort darauf. Möglicherweise hast du sogar das Gefühl nie wieder glücklich sein zu dürfen. Du verbietest es dir ganz einfach. Wie könnte es auch anders sein, immerhin ist ein bedeutender Teil von dir abhanden gekommen und so etwas wie Freude zu empfinden, würde bedeuten, dass du dem jeweils anderen nicht die Bedeutung zukommen lässt, die er deiner Meinung nach verdient hat. Dein Leben hat sich entschieden verändert und du bist nicht nur den anderen, sondern auch dir selbst vollkommen fremd geworden. Nie wieder möchtest du so tun als ob, denn das hieße, dass alles in Ordnung sei, obwohl es das nie wieder sein wird. Als meine Tochter die irdische Ebene verlassen hat ging es mir kaum anders und weil ich deine Gefühle so gut nachvollziehen kann, möchte ich dich dazu ermutigen, dich nicht vollends der Möglichkeit zu verschließen, wieder so etwas wie Freude und Glückseligkeit empfinden zu können. Warum? Weil deine Verstorbenen sich nichts sehnlicher wünschen, als dich glücklich zu sehen. Sie gönnen dir jedes einzelne Lächeln und jede einzelne Sekunde, in der du nicht permanent an sie denkst. Also hab kein schlechtes Gewissen, wenn du dich dabei ertappst, für einen

Augenblick lang nicht traurig zu sein oder an sie zu denken. Nimm dir ruhig immer wieder einmal die Zeit zu trauern, aber vergiss dabei nicht, dir deinen Blick für die schönen Dinge im Leben zu bewahren. Für die gute Freundin, die dir zuhört und versucht dich aufzumuntern, wenn dir selbst die Kraft dazu fehlt. Deine Familie, die ebenso leidet wie du, wenn es dir nicht gut geht. Die Natur, die dir jeden Tag aufs Neue zeigt, wie unglaublich schön und wertvoll das Leben hier auf Erden doch sein kann. Gestehe dir zu, endlich wieder JA zum Leben zu sagen, genau dann, wann DU es für richtig hältst. Hab keine Angst! Das bedeutet keinesfalls, dass du deine Liebsten vergisst, denn das kann und wird niemals passieren. Weil ihr immerzu miteinander verbunden seid. Durch das, was euch zusammenhält. Das Gefühl der Liebe füreinander, welches euch nicht einmal der Tod selbst nehmen kann.

Vergangene Nacht schrecke ich gegen vier Uhr morgens hoch. „Mist, jetzt hab ich doch glatt meine Schlafunterbrechung verpasst!", ärgere ich mich und schnappe mir umgehend meine Kopfhörer samt Player. Eine Stunde später starte ich, verpasste Schlafunterbrechung hin oder her, einen weiteren Versuch und lande, siehe da, direkt im Schwingungszustand und verlasse kurz darauf auch schon meinen physischen Körper. Ein kurzer Realitycheck bestätigt, dass ich mich in einer astralen Ebene aufhalte und doch sieht meine Hand dieses Mal ganz anders aus als üblich. Zwar zähle ich fünf Finger, doch scheinen sie regelrecht mit meinen Handinnenflächen zu verschmelzen. „Eigenartig!", befinde ich und mache mich zum Abflug bereit.

Mein heutiges Ziel steht bereits fest und ich mache mich ohne Zögern auf durchs Fenster und fliege in das obere Stockwerk. In Julians Zimmer herrscht nach wie vor haargenau dasselbe Chaos wie noch am Abend zuvor, woran sich offensichtlich auch in der astralen Ebene nichts geändert hatte. Im Nu lande ich vor seinem Bett und schlage die Decke zurück, als ich verdutzt feststelle, dass von Julian weit und breit nichts zu sehen ist. Stattdessen macht es sich meine drei Monate alte Tochter Liana darin gemütlich, denn allem Anschein nach ist sie, ebenso wie ich, außerkörperlich unterwegs. „Faszinierend!", staune ich, als sich meine Reise ihrem Ende zuneigt.

Gleich in der Früh wecke ich meinen Sohn, um ihn zu fragen, wo er sich gegen fünf Uhr aufgehalten hatte. „Oh, da war ich gerade auf der Toilette", antwortete er. Zwar erklärte das, weshalb ich Julian nachts nicht in seinem Zimmer angetroffen hatte, aber weshalb sich seine kleine Schwester zu ihm ins Bett geschummelt hatte, blieb nach wie vor ein Rätsel.

Ich gehe behutsam die Treppen hoch, als ich ganz in der Nähe Stimmen höre. Oben angelangt sehe ich meinen Vater, der am Fußboden sitzend auf irgendetwas zu warten scheint. Seit langem habe ich ihn nicht mehr so glücklich gesehen wie in diesem Augenblick. „Was machst du denn hier?", möchte ich von ihm wissen und vergewissere mich mit Hilfe eines kurzen Realitychecks, dass meine Astralreise stabil geblieben ist und ich mich nicht in einer luziden Realität befinde.

Interessanterweise schenkt mir mein Vater keinerlei Beachtung und starrt wie gebannt Richtung Kinderzimmer, aus welchem kurzerhand ein Kind zum Vorschein kommt. „Luna!", rufe ich freudig und laufe ihr unverblümt entgegen. „Dich habe ich ja schon ewig nicht mehr gesehen." Stürmisch umarmen wir einander, ehe sie mir zu verstehen gibt: „Opa und ich spielen gerade Verstecken." Im Nu ist sie auch schon wieder im Kinderzimmer verschwunden, um sich dort einen passenden Unterschlupf zu suchen. „Julian!", schießt es mir plötzlich in den Kopf, „er sollte bei uns sein." Unverzüglich mache ich mich auf zu seinem Bett und ziehe ihn problemlos aus seinem Körper. „Schau mal, wer da ist!", grinse ich und deute mit dem Zeigefinger Richtung Lunas Versteck. Als hätte sie mich gehört wirft sie auch schon einen Blick nach draußen und schenkt uns ihr strahlendstes Lächeln. „Luna!", ruft Julian und ist dabei ganz aus dem Häuschen. „Ach wie schön es doch ist dich wiederzusehen!"

Auf der Zielgeraden

„Bitte setz dich, mein Schatz!", fordere ich Julian auf, „ich muss dir etwas sagen." „Was ist denn los?", möchte dieser wissen, nichtsahnend, dass ich ihm gleich etwas Furchtbares mitteilen würde. Ich seufze, streichle ihm sachte über den Kopf und sage schließlich: „Snoopy ist gestern Abend gestorben. Dein Papa hat es mir vorhin erzählt."

Ich stehe gegen zwei Uhr auf und begebe mich zusammen mit Liana hinab ins Wohnzimmer. Nachdem ich zirka zwanzig Minuten lang Atemtechniken aus dem Kundalini Yoga praktiziert habe, gehe ich noch ein letztes Mal auf die Toilette, trinke ein Glas Wasser und nehme mir anschließend meinen Player samt Kopfhörer zu Hand um die restliche Zeit meiner Schlafunterbrechung über Frequenzen zu hören. Danach lege ich mich auf die Couch und bemühe mich mit aller Kraft darum keinen einzigen Zentimeter meines Körpers zu bewegen, während ich versuche, mich mittels einer Affirmation bewusst wach zu halten. Nach und nach schläft mein physischer Körper ein, indes mein Bewusstsein hellwach bleibt. Unverzüglich setzen die ersten Schwingungen ein und ich entledige mich problemlos meines Körper. „Klare Sicht jetzt!", fordere ich und verschaffe mir so ein gestochen scharfes Blickfeld. „Michael jetzt!", verlange ich und befinde mich, einen rasanten Ortswechsel später, in einem mir unbekannten Haus. „Jetzt bloß keinen Fehler machen!", mahne ich mich zur Vorsicht und werde doch zunehmend nervöser. Hastig suche ich Zimmer um Zimmer nach meinem Freund ab, als ich das Drängen meines physischen Körpers nach meiner Rückkehr spüre. „Bitte lass mir doch noch ein wenig Zeit!", gebe ich ihm zu verstehen und lande dennoch kurz darauf wieder im Wohnzimmer.

Mein Sohn hatte ein paar wunderbare Tage mit seinem leiblichen Papa im Burgenland verbracht. Erst danach erfuhren sie von seinem Opa, dass sein Hund Snoopy zwischenzeitlich gestorben ist. Für Julian brach eine kleine Welt zusammen und er war sichtlich schockiert, als ich ihm die traurige Nachricht überbrachte. „Mama, können wir bitte auch Snoopy im Himmel besuchen?", bat er mich unter Tränen. Zeitgleich kehrte Michael von seiner Seminarwoche zurück und wirkte unglücklicher denn je. Bis spät in die Nacht war er, zusammen mit seiner Frau, in der Küche gesessen und hatte um seinen Sohn geweint. „Das darf es einfach nicht gewesen sein!", flehte ich die geistige Welt an. „Bitte helft mir dabei, Michaels Wunsch in Erfüllung gehen zu lassen. Ich möchte alles dafür tun, ganz gleich auch was ihr von mir verlangt." Voller Hoffnung ging ich abends darauf zu Bett, nicht ohne an meiner Bitte festzuhalten.

Bereits seit einer ganzen Stunde leite ich eine Astralreise nach der anderen ein und jedes Mal bemühe ich mich darum zu Michael zu gelangen, doch ganz gleich auch was ich tue, nichts davon scheint zu funktionieren. Stattdessen lande ich wieder in meinem Körper um anschließend einen weiteren Versuch zu starten. „Deine Mission ist zum Scheitern verurteilt!", vernehme ich eine Stimme, nicht ohne mich zu fragen, wer da zu mir spricht. Gerade als ich mich erneut zu Michael aufmachen möchte, tritt vor mir ein Mädchen in Erscheinung. Es hat lange blonde Haare und mag kaum älter als zwölf sein. Eigenartigerweise kommt es mir ziemlich bekannt vor, weshalb ich spontan frage: „Luna, bist du das?" Auf den ersten Blick ist keine Ähnlichkeit mit meiner Tochter zu erkennen und doch nickt diese zustimmend. „Komm, ich möchte dir etwas zeigen!", gibt sie mir zu verstehen und bittet mich ihr zu folgen. Wir gehen ein Stück ehe wir zu einem Waldrand gelangen. „Schau mal, da vorne!", sagt Luna und zeigt auf das Gebüsch vor uns. Zaghaft mache ich ein paar Schritte nach vorne, um zu sehen, was sie gemeint haben könnte. „Snoopy!", rufe ich erfreut und stürme ohne auch nur eine einzige Sekunde darüber nachzudenken drauf los. „Schön dich zu sehen!" Eine stürmische Begrüßung später möchte ich mich meiner Tochter zuwenden, als ich sehe, dass gleich neben ihr mein Sohn Julian steht. „Du auch hier?", rufe ich und bin positiv überrascht ihn hier zu sehen. „Du wirst bereits erwartet!" Während Julian schnurstracks auf Snoopy zusteuert, tritt Luna ein weiteres Mal an mich heran: „Es lag am Alkohol", erklärt sie. „Deshalb konntest du Michael heute Nacht nicht abholen."

„Guten Morgen, liebe Anika. Ich weiß nicht, ob ich es dir bereits gesagt habe, aber ich fahre heute nach Deutschland zu einer Dame, die eine Lichtatmung bzw. eine Chakrenreinigung bei mir durchführen wird. Ich werde deshalb erst wieder morgen Abend nach Hause kommen", schrieb mir Michael tags darauf. Uns blieben lediglich zwei Nächte übrig und Michael versuchte nach wie vor alles in seiner Macht stehende um seinem Ziel ein Stück weit näher zu kommen. Es fühlte sich für mich so an, als wäre er auf der Suche nach etwas, das er einst vor langer Zeit verloren hatte. Anstatt die Antworten bei sich selbst zu suchen, in seinem Inneren, nutzte er jede Gelegenheit, die sich ihm bot, um seinen Sohn endlich wiederzusehen. Allzu gerne wollte ich ihm sagen, dass er das alles gar nicht braucht, denn das Einzige, das von Belangen war, war jenes Vertrauen, das er sich und den eigenen Fähigkeiten entgegenbringen konnte. Würde er auch nur einen Moment lang hinsehen, würde er erkennen, dass er längst am Ziel angelangt ist.

Der Monat neigt sich seinem Ende zu, als ich abermals in einem meiner Träume klar werde. Ich erlange vollständiges Bewusstsein sowie absolute Handlungsfähigkeit und weiß, es ist an der Zeit einen weiteren Schritt nach vorne zu machen. Der nächste Zug wartet darauf, ausgeführt zu werden, um meine Spielfigur ein Feld näher ans Ziel rücken zu lassen. Gleichsam vertraue ich darauf, dass sich alles, was ich dazu brauche, in mir befindet. Um mich herum präsentiert sich eine vollkommene Stille, die mich dazu einlädt, Seite an Seite, gemeinsam zu schweigen. Ich hole tief Luft, stelle mich kerzengerade hin, schließe behutsam die Augen und lasse mich voller Zuversicht fallen. Immer weiter und weiter begebe ich mich hinab in die Tiefe, nicht ohne dabei meine Lippen ein Stück weit zu öffnen. „Ong", dringt es aus meiner Kehle und aktiviert prompt meinen

Energiekörper. Die Vibrationen prallen auf mich, ähnlich einer tobenden Meeresbrandung und ich konzentriere mich mit all meinen Sinnen darauf, mich nun meines physischen Körpers zu entledigen, ihn abzustreifen, gleichsam wie Ballast, der nicht mehr länger benötigt wird. „Klare Sicht, jetzt!", fordere ich und halte einen Moment lang inne um danach festzustellen, dass ich mein Ziel erreicht habe und nunmehr vollkommen außerkörperlich bin. Nur mehr wenige Augenblicke liegen zwischen Michael und mir und trennen uns davon endlich erfolgreich zu sein. „Ich bin bereit", gebe ich der geistigen Welt dankbar zu verstehen und mache mich voller Zuversicht auf in die Dunkelheit der Nacht, um ein Mal mehr über die Schwelle des Irdischen hinaus zu treten, um anschließend vom Tode wiederzukehren.

Ich übergebe das Wort nun an die geistige Welt und an all diejenigen, die Julian, Petra, Michael und mir dabei geholfen haben, das Unmögliche möglich zu machen, das Tor zum Himmel einen Augenblick lang zu öffnen. Um anschließend zufriedener und weiser denn je wiederzukehren.

„Sag, warum weinst du? Hörst du denn nicht meine Stimme, die zu dir spricht während du schläfst? Mein Flüstern, das tief in dein Innerstes vordringt, um dein versteinertes Herz wieder zum Schlagen zu bringen? Fühlst du nicht meine Hände, die sich liebevoll in die Deinen legen, sobald du an mich denkst? Immer wieder fragst du nach dem Warum und möchtest

wissen, ob ich nach wie vor bei dir bin, dich nicht verlassen habe, vergessen habe, wer du bist und was wir einst miteinander hatten. Nun ist der Zeitpunkt gekommen und ich möchte dir all deine Fragen beantworten, weil du, in jeder Sekunde deines Seins, die allumfassende Wahrheit verdient hast. Ich habe dich niemals verlassen, denn das würde bedeuten, wir hätten aufgehört einander zu lieben. Dein Verstand mag noch nicht vollends begreifen was ich dir damit sagen möchte und doch wissen dein Herz, deine Seele, das, was dich letztendlich ausmacht, um den Gehalt meiner Worte wohl Bescheid.

Liebe lässt sich nicht erklären. Vielmehr handelt es sich dabei um etwas, das es, mit jeder einzelnen Faser deines irdischen Körpers zu erfühlen gilt. Gleichsam ist die Liebe die Antwort auf jede deiner Fragen. Die Erklärung dafür, weshalb ich tot bin, während du noch lebst. Wäre nicht dieses unerschütterliche Band der Liebe, das uns sämtliche Dimensionen wie Raum und Zeit überwinden lässt, so gäbe es nichts, was uns hier auf Erden hält. So ist es dieses spezielle Gefühl für einen besonderen Menschen, der stille Wunsch ihn nie wieder loszulassen, ganz gleich auch, wo sich dieser befindet. Ebenso ist es die Liebe, die dich nicht aufgeben lässt, selbst wenn ich nicht mehr bin. Das ist, worum es im Leben geht. Weshalb wir hier sind. Um zu lieben und geliebt zu werden. Halt daran fest und vergiss nicht auf deine Bestimmung! Das, was dich dazu veranlasst hat hierher zu kommen. Ins Leben, als derjenige Mensch, der du bist, mit sämtlichen Facetten deines Seins. Wirf diese Chance nicht weg, nur weil du um mich trauerst. Ich wünsche mir, dass du dein Herz wieder öffnest. Für das Leben an sich, die Macht der Liebe und den Zauber des Augenblicks. Erst dann wird sich der Himmel auch für dich ein Stück weit öffnen, um in deinem Leben Einzug zu halten und dich erkennen zu lassen, dass letzten Endes alles gut wird und du die Macht besitzt, dir das Paradies auf Erden zu erschaffen. Seite an Seite mit deinen Liebsten. Fortwährend bis in alle Ewigkeit."

Epilog

„Sag mal, liebe Petra, was hast du denn im August über so geplant?"

„Nichts besonderes, wieso fragst du?"

„Wollen wir es denn noch einmal wagen?"

„Du meinst... auf ein Neues?"

„Aber natürlich, denn weißt du was? Das Beste kommt zum Schluss!"

Allmählich neigt sich unsere Reise ihrem Ende zu und ich möchte dir für die gemeinsame Zeit, die wir zusammen verbracht haben, danken. Auch wenn wir uns nicht persönlich kennen, sind du und ich, zu einem Teil des jeweils anderen geworden. Über dieses Buch, die wunderbaren Menschen, die darin vorkommen und deren Geschichten, die ich erzählen durfte. Ebenso wie du als Leser darin eingetaucht bist, bist auch du auf subtile Art und Weise für mich spürbar geworden. Es sind deine Gedanken, deine Hoffnung, deine Zweifel, deine bewussten sowie unbewussten Ängste, die dich mir greifbar gemacht haben. Genauso offen und ehrlich bin ich mit dir verfahren und habe mich dir nicht nur anvertraut, sondern auch mein Herz in deine Hände gelegt, denn es ist mein innerster Wunsch, meine Erfahrungen, mein Wissen, mit dir zu teilen. Möglicherweise ist mir das auch geglückt, doch falls nicht, so lasse dir gesagt sein, dass es im Grunde genommen keine große Rolle spielt. Letztendlich wirst du selbst eines Tages erfahren, ob sich etwas Wahres dahinter verbirgt und die Gelegenheit dazu haben auf eigene Faust den Himmel zu erkunden. Möglicherweise musstest du selbst eine wichtige Person in deinem Leben verlieren. Falls dem so ist, dann möchte ich dir Folgendes auf deinem Weg mitgeben. Es ist vollkommen in Ordnung traurig zu sein und denjenigen Menschen zu betrauern, der gegangen ist. Nimm dir die Zeit, die du brauchst und die du für richtig hältst und lass dir von niemandem Gegenteiliges erzählen. Zu fühlen, etwas Wertvolles verloren zu haben, macht dich nicht nur menschlich, sondern zu dem Menschen, der du heute bist. Es bedarf vielerlei Dinge, um zu heilen. Eines davon können außerkörperliche Erfahrungen sein. Ob sie der richtige Weg für dich sind, darüber kannst nur du selbst entscheiden. Als meine Tochter starb, stand ich vor der Entscheidung einen Schritt nach vorne zu machen oder weiterhin im Stillstand zu verharren. An ein Leben nach dem Tod zu glauben ist heutzutage glücklicherweise nichts Außergewöhnliches mehr und doch hielt ich eine ganze Weile lang einen wesentlichen Teil meiner Erfahrungen unter Verschluss. Erst als ich den Mut dazu fand, öffentlich darüber zu sprechen stellte ich fest, dass das genau das war, was ich schon immer tun wollte. Authentisch, ehrlich und ganz ich selbst zu sein. Viele Leser und Leserinnen haben mich gefragt, ob das, worüber ich schreibe, auch tatsächlich echt sei und ich kann ihre Skepsis durchaus nachvollziehen. Im Besonderen wenn man um jemanden trauert, ist es alles andere als einfach, sich auf diesen Weg einzulassen. Man schöpft endlich wieder so etwas wie Hoffnung und bekommt im selben Atemzug Angst davor enttäuscht zu werden. Ich habe das Schlimmste erlebt, das man als Mutter erleben kann. Den Tod meines Kindes. Ich habe überlebt und Schritt für Schritt in ein gutes, lebenswertes Leben voller Freude, Hoffnung und Vertrauen in mich und die geistige Welt zurückgefunden. Meine Erlebnisse, meine Erfahrungen, stellen meine persönliche Wahrheit dar.

Ich möchte dich nun dazu ermutigen, einen Augenblick lang in dich zu gehen und dir folgende Frage zu beantworten. Lebst du das Leben, das du dir erwünscht hast? Denn falls dem nicht so ist und du lediglich die Tage mit Nichtigkeiten und einem Gefühl der Unzufriedenheit ausfüllst, dann solltest du schleunigst etwas daran ändern. Das Leben ist viel zu kurz, um es mit Dingen zu vergeuden, die dich nicht voranbringen und erfüllen. Vielleicht sehnst du dich jedoch vielmehr danach über den Teppichrand zu blicken, weil du tief in deinem Innersten weißt, dass das nicht alles gewesen sein kann. Hör auf damit, die Antworten auf deine Fragen in den Erzählungen anderer zu suchen. Lass es ab sofort sein und beginn viel lieber damit, nach deiner eigenen Wahrheit Ausschau zu halten, denn das ist das Einzige, das letzten Endes zählt. Im Grunde genommen sollte nicht einmal meine Wahrheit für dich von Interesse sein. Sie ist Teil meiner Geschichte, ebenso wie du an jedem einzelnen Tag deiner Existenz eine weitere Seite in dem Buch deines Lebens füllst.

Was ich tun kann ist, dich auf deinem Weg ein Stück weit zu begleiten. Ebenso wie ich es für Julian, Petra und Michael getan habe, denn was zusammengehört wird stets zusammenfinden. Möglicherweise ist nun der Zeitpunkt dazu gekommen dich aufzumachen. Wohin auch immer dein Herz dich leitet. Gerne nehme ich dich dabei an der Hand und verspreche dir, ganz gleich, was auf dich zukommen mag, nicht loszulassen. Gemeinsam machen wir das Unmögliche möglich und vielleicht öffnen sich auch für dich eines Tages für einen Augenblick lang die Pforten des Himmels. Um zu erfahren und zu heilen. Nimm nun Abschied, denn du wirst als ein Anderer wiederkehren mit dem Wissen, dass der Tod niemals das Ende ist.

Danksagung

An erster Stelle möchte ich meinem Sohn Julian danken. Vielen lieben Dank für deinen Mut, dich – zusammen mit mir - auf dieses spannende Abenteuer einzulassen und dein unendliches Vertrauen in mich als Mutter. Zusammen erschaffen wir uns hier den Himmel auf Erden und werden, nach unserem Tod, einen Bruchteil davon zurücklassen, der daran erinnern soll, wie wunderschön das Leben doch ist. Ich liebe dich mehr als du ahnst und vertraue auf deine Fähigkeiten, deine Intuition und deine Verbundenheit zur geistigen Welt, die du ebenso wenig in Frage stellst wie du unsere jenseitigen Erlebnisse anzweifelst. Dein Wunsch, deine Schwester zu besuchen, hat mich dazu veranlasst, meine Grenzen zu hinterfragen und mich weiterzuentwickeln. Dank dir werden unzählige Menschen von der unbestreitbaren Existenz des Jenseits erfahren. Eines Tages werde auch ich die Heimreise antreten und du wirst als einer von Wenigen wissen, dass ich dich niemals wirklich verlassen habe. Wir sind bis in alle Ewigkeit miteinander verbunden und ich verspreche dir, immerzu für dich da zu sein und dich schützend für dein restliches Leben zu begleiten, zusammen mit Luna an meiner Seite und all denjenigen, die dich, ebenso wie ich, von ganzem Herzen lieben .

Ich danke meinem wunderbaren Mann, der sich meine Erzählungen anhört, selbst wenn ihm nicht danach zumute ist. Ich schätze deine Bemühungen und deine Anteilnahme, vorwiegend deshalb weil ich weiß, dass dieser Weg nicht der Deine ist. Trotz alledem unterstützt du mich jeden einzelnen Tag, indem du mir den Rücken stärkst oder mir die eine oder andere freie Stunde zum Schreiben freischaufelst, indem du mir den Haushalt und die Kinder abnimmst. Keinesfalls betrachte ich deinen Einsatz als selbstverständlich und dich an meiner Seite zu haben ist alles was ich jemals wollte. Du bist mein Ruhepol, der mich nach einem Höhenflug wieder auf den Boden der Tatsachen bringt. Meine Vernunft, die, wenn mein Tatendrang droht Überhand zu nehmen, mich in ein natürliches Gleichgewicht zurückbringt. Ich weiß, du würdest alles dafür tun, um Luna wieder bei uns zu haben, die Vergangenheit zu ändern und das Geschehene rückgängig zu machen. Wie gerne würde ich dir zu der Gewissheit verhelfen, dass unsere Tochter nach wie vor bei uns ist und an der Stelle darf ich dir Folgendes von ihr ausrichten: „Lieber Papa! Ich liebe dich von ganzem Herzen. Nicht nur weil du mein Papa bist. Du bist mein Weggefährte und heimlicher Verbündeter. Ich bin unheimlich stolz auf dich, auch wenn ich dir das zu Lebzeiten nicht mehr sagen konnte."

Danke liebe Petra und lieber Michael, dafür, dass ich eure Geschichten erzählen durfte und ich danke gleichsam der geistigen Welt und all unseren Liebsten dafür, dass wir uns begegnet sind. So steinig der Weg auch war, wir haben niemals aufgegeben und darauf dürfen wir stolz sein. Mit dem Wissen, dass wir in der Lage sind gemeinsam alles zu schaffen, war uns die Unterstützung derer, die bereits gegangen sind, von Anfang an sicher. Auch wenn wir uns viel zu selten sehen, fühle ich mich euch so verbunden wie kaum jemandem. Ihr seid für mich weitaus mehr als bloß Freunde, ihr seid meine (Seelen)Familie und ich verspreche euch, unsere Freundschaft niemals aus den Augen zu verlieren.

Liebe Petra, ich danke dir für deine Herzenswärme und die vielen kleinen Nachrichten, die du mir täglich zukommen lässt. Du bist ein guter Mensch, das habe ich von Anfang an gespürt.

Lieber Michael, dich kennenzulernen, hat mir das Gefühl gegeben, einen Verbündeten an meine Seite gestellt zu bekommen. Insbesondere schätze ich deine Dankbarkeit, die du für jeden noch so kleinen Fortschritt an den Tag legst.

Meine liebe Luna, keinesfalls möchte ich auf dich vergessen. Wärst du nicht gewesen, so hätte ich von alledem nie etwas erfahren. Mein Leben hätte denselben ewigen Trott wie zuvor genommen und ich hätte niemals dieses Buch geschrieben. Keinesfalls hätte ich den Mut dazu aufgebracht mich der Welt mitzuteilen und derart offen über dich und unsere Erlebnisse zu berichten. Bestimmt spürst du, wie schwer es für uns ohne dich ist und doch hast du dich immer wieder darum bemüht, uns wissen zu lassen, dass du nicht auf uns vergessen hast. Ich liebe dich, mein Engel und möchte, dass du weißt, dass wir, deine irdische Familie, dich für den Rest unseres Lebens in unseren Herzen tragen.

Liebe Lore! Danke für deine Freundschaft und deine wertvolle Unterstützung beim Korrekturlesen dieses Buches. Falls ich vergessen haben sollte, es dir zu sagen, du bist ein Engel und ich danke dir für die Aufmerksamkeit, die du mir, meiner Familie und meiner Geschichte entgegenbringst.

Auch dich, liebe Christina, möchte ich keinesfalls unerwähnt lassen. Dir und deiner wertvollen Arbeit habe ich dieses wunderschöne Cover zu verdanken und ich danke der geistigen Welt dafür, dass sie dich in mein Leben geführt hat.

Liebe Sonja, liebe Doris, danke dafür, dass ihr zu jeder Zeit für mich da seid, insbesondere dann, wenn ihr selbst alle Hände voll zu tun habt. Ich schätze mich sehr glücklich, euch in meinem Leben zu wissen.

Zu guter Letzt richte ich das Wort an meine Eltern. Ihr musstet in diesem Leben jede Menge Leid erfahren, euch mit dem Verlust eurer Enkeltochter auseinandersetzen und gegen viele Ängste und Zweifel ankämpfen. Doch ganz gleich wie sehr ihr euch gefürchtet und gezweifelt habt, so wart ihr stets für mich da und habt mich darin bestärkt niemals aufzugeben. Ebenso möchte ich für euch da sein, wenn ihr eines Tages nach Halt und Sicherheit sucht und euch die Frage stellt, was euch, abgesehen von diesem irdischen Leben, sonst noch erwartet.

Erinnere dich an deine Träume

Sich an die eigenen Träume zu erinnern will gelernt sein und insbesondere diejenigen, die sich für Astralreisen oder luzide Träumen interessieren, werden nicht drum herumkommen sich, früher oder später, mit diesem wichtigen Thema auseinanderzusetzen. Meiner Meinung nach ist eine optimale Traumerinnerung sogar eine der wesentlichsten Grundvoraussetzungen, wenn nicht sogar die Wichtigste überhaupt, um beides davon zu erlernen. Warum das so ist, lässt sich ganz einfach erklären. Astralreisen finden, ähnlich wie Träume, in einem sehr tiefen Bewusstseinszustand statt. Daraus Erinnerungen mit ins Wachbewusstsein zu nehmen will gut geübt sein und erfordert jede Menge an Disziplin, Übung sowie täglicher intensiver Beschäftigung. Natürlich kommt es immer wieder einmal vor und man kann sich Morgens an den einen oder anderen Traum erinnern, aber wer sich konsequent mit der eigenen Traumwelt auseinandersetzt, wird nicht nur die eigene Erinnerungsfähigkeit steigern, sondern auch zunehmend mehr Bewusstsein in seine nächtlichen Erlebnisse verlagern. Als direktes Resultat wird der Träumer früher oder später ganz automatisch luzide Träume sowie Astralreisen erleben.

Im Grunde genommen begibt sich jeder Mensch, ganz gleich ob er sich nun daran erinnern kann oder nicht, nachts auf Reisen. Das Schwierige an der ganzen Sache ist, diese Erlebnisse ins Wachbewusstsein zu transferieren. Nicht selten bleiben uns diese nächtlichen Reisen als besonders intensive Träume in Erinnerung, im Gegensatz zu bewusst eingeleiteten Akes, die wir mit einem Bewusstsein erleben, das dem des Wachzustandes ähnlich ist. Möglicherweise erinnern wir uns daran, geflogen zu sein oder uns mit jemanden unterhalten zu haben, der bereits verstorben ist. Doch in der Regel kommt es eher selten vor, sich an mehrere Träume pro Nacht detailreich erinnern zu können. Manche Menschen sind sogar felsenfest davon überzeugt nicht oder weniger zu träumen als andere, was jedoch keineswegs der Realität entspricht. Jeder Mensch, unabhängig von Kultur, Alter und Religion träumt, Nacht für Nacht. In Wahrheit verbringen wir, während wir schlafen, sogar ganze zwei Stunden mit Träumen. Rechnen wir diese Traumzeit auf eine Person mit einer durchschnittlichen Lebenserwartung hoch, so befinden wir uns an die sechs Jahre in diesem besonderen Bewusstseinszustand, was, wenn du mich fragst, eine verdammt lange Zeit ist, derer wir uns schlichtweg nicht bewusst sind. Weder wissen wir, was wir in dieser Zeit erlebt haben, noch haben wir die Möglichkeit, daraus Schlüsse zu ziehen und das Gelernte in unser Alltagsbewusstsein zu integrieren. Die Ursache für dieses Blackout ist bei uns und unserer inneren Einstellung zu finden. Wir schenken unseren Träumen viel zu wenig Beachtung, um sie dauerhaft im Gedächtnis zu behalten. Dabei stellt es einen normalen Prozess unseres Gehirns dar, alles Unwesentliche herauszufiltern und nicht abzuspeichern. Lediglich die Infos, die unser Unterbewusstsein für wichtig befindet, bleiben erhalten und nicht einmal das ist sicher.

Sei doch einmal ehrlich und beantworte folgende Frage. Sind dir deine Träume wichtig? Denk bitte für einen kurzen Moment an deine Kindheit zurück. Vielleicht erinnerst du dich daran, eines morgens aufgeregt zu deinen Eltern gelaufen zu sein, um ihnen von einem besonders aufregenden Traum zu erzählen? Weißt du noch, wie sie darauf reagiert haben? Bestimmt hast du schon einmal gehört, dass „Träume nur Schäume sind" oder „dass alles lediglich ein Traum war". Wer seinen Träumen keinerlei Beachtung schenkt, der signalisiert seinem Unterbewusstsein über kurz oder lang, dass sie nicht von Bedeutung sind, was wiederum bedeutet, dass sie rasch in Vergessenheit geraten. Doch woher wissen wir überhaupt, dass Träume „nur" Träume sind und weshalb sind wir uns so sicher, dass sie nichts zu bedeuten haben? Die Wahrheit ist, dass es sich dabei lediglich um eine Annahme handelt, die wiederum aus einem Gefühl der Unwissenheit heraus getroffen wurde. Es liegt in der Natur des Menschen für alles eine Erklärung haben zu wollen und treffen wir auf etwas, das wir nicht kennen, macht uns das nicht selten Angst und erzeugt ein Gefühl des Unbehagens. Aus diesem Grund sind wir permanent, unbewusst sowie bewusst, auf der Suche nach einer plausiblen Erklärung für alles Mögliche, auch wenn sie so aussieht, dass es schlichtweg keine gibt. Meiner Erfahrung nach stellen Träume weitaus mehr als eine sinnlose Aneinanderreihung von Ereignissen dar, die keinerlei Sinn ergeben und die traurige Wahrheit ist, dass nicht einmal die Wissenschaft selbst weiß, weshalb wir träumen und doch tut es jeder von uns, ob bewusst oder unbewusst, in jeder einzelnen Nacht seines Lebens.

Bereits seit Jahrhunderten widmen sich unzählige Forscher diesem spannenden Thema und dennoch bleibt dieses Rätsel bis heute ungeklärt. Zwar sind im Laufe der Jahre die unterschiedlichsten Theorien entstanden, die versuchen eine Antwort auf diese Fragen zu liefern, doch bis heute besteht keinerlei Einigkeit darüber, weshalb wir träumen. Manche meinen, dass Träume lediglich das Produkt unterdrückter Wünsche, Sehnsüchte und Konflikte darstellen, die sich im Laufe unseres Lebens ansammeln und Nachts in anderer Form zum Vorschein kommen. Ein verzweifelter Versuch unseres Unterbewusstseins, diese Konflikte und Inkongruenzen zu lösen. Manch andere Forscher denken, dass Träume gar keinem wirklichen Zweck dienen und einfach so passieren. Andere wiederum sind davon überzeugt, dass unsere nächtlichen Erlebnisse durchaus einen Nutzen nach sich ziehen, aber wie genau dieser aussehen soll, können sie nicht sagen. Wenn du mich fragst, übersehen alle Forscher einen wesentlichen Aspekt. Anstatt sich selbst dem Geträumten zuzuwenden suchen sie die Lösung an falscher Stelle und kratzen dadurch lediglich an der Oberfläche, ohne dabei auch nur ein bisschen in der Tiefe zu graben. Würden diese Forscher einfach nur mehr Zeit mit Träumen anstatt mit Forschen verbringen, so wären sie möglicherweise bereits einen Schritt weiter und wüssten, dass Träume weitaus mehr beinhalten, als ein wirres Sammelsurium an unbewussten Inhalten.

Wohin gehen wir, wenn wir träumen?

Zu Beginn unserer Traumerkundungen sollten wir unsere Aufmerksamkeit ein paar wesentlichen Fakten rund um das Thema Schlaf und Träume zuwenden. Zunächst einmal musst du wissen, dass wir, sobald wir morgens aufwachen, innerhalb kürzester Zeit rund neunzig Prozent des zuvor Geträumten wieder vergessen, was, meiner Ansicht nach, eine nicht ganz unbeachtliche Anzahl an Träumen ist. Innerhalb von fünf Minuten ist bereits die Hälfte davon verschwunden, was wiederum bedeutet, dass uns nur ein relativ kurzes Zeitfenster zur Verfügung steht, um an diese wertvollen Erinnerungen zu gelangen.

Halten wir uns einmal vor Augen, wie viele Gedanken und Sorgen uns bereits kurz nach dem Aufwachen im Kopf herumspuken, ist es nicht besonders wunderlich, dass unsere Träume dadurch in den Hintergrund gedrängt werden. Was hält der kommende Tag für mich bereit? Welche Herausforderungen und Aufgaben erwarten mich heute in der Arbeit? Was soll ich den Kindern als Jause in die Schule mitgeben? Unzählige Gedanken überfluten unser Gehirn und lenken unsere Aufmerksamkeit davon ab, was wir zuvor erlebt haben. Hinzu kommt das nervtötende Schrillen des Weckers und das grelle Licht, das durch das Fenster hereinströmt. Als Resultat können wir uns, im besten Fall, an ein, zwei Träume pro Nacht erinnern. Im schlimmsten Fall jedoch vergessen wir alles oder können uns nur dunkel daran erinnern. Wer hat Schuld an der ganzen Misere? Einerseits ist es das

Ergebnis einer jahrelangen bestehenden Ignoranz den eigenen Träumen gegenüber, andererseits das Ergebnis der festen Überzeugung, dass Träume nun einmal nicht wichtig sind.

Die gute Nachricht ist, dass das keineswegs so bleiben muss und wir unsere Traumfähigkeiten entwickeln können, sofern wir uns dazu entscheiden. Allein der Vorsatz, sich besser erinnern zu wollen, kann schon dazu führen, dass wir am nächsten Morgen weitaus mehr Träume im Gedächtnis behalten als am Tag zuvor. Um jedoch eine konstant gute Erinnerungsfähigkeit zu erlangen, benötigt es weiterer Methoden und vertiefender Techniken, um unser Unterbewusstsein vollends davon zu überzeugen, dass es uns damit vollkommen ernst ist.

Heute Nacht träume ich davon, ein Computerspiel zu spielen. Ich kenne diesen Traum, denn ich hatte ihn schon öfters und doch gerate ich immer wieder in dasselbe Szenario. Dabei gilt es Feinde zu bekämpfen, Städte zu erbauen und die verschiedensten Szenarien durchzuspielen. Scheitere ich, beginnt das Spiel ganz einfach wieder von vorne. Ich erhalte eine weitere Chance, bis mir mit einem Mal bewusst wird, dass ich mich die ganze Zeit über in einer täuschend echten Simulation befinde, denn in Wahrheit ist das Leben nichts anderes als ein riesengroßes Spiel, in welchem ich meine Fähigkeiten immer wieder aufs Neue unter Beweis stellen darf.

Wir wir bereits wissen, gibt es kein allgemeingültiges Konzept, das erklären kann, weshalb wir träumen. Seit Jahrhunderten zerbrechen sich zahlreiche Wissenschaftler und Forscher den Kopf darüber und doch kommen sie auf keinen gemeinsamen Nenner. Die Wahrheit ist, dass sie es schlichtweg nicht wissen. Doch, wohin gehen wir, sobald wir träumen? Wohin begibt sich unser Bewusstsein? Meiner Erfahrung nach bieten sich auch hier für uns einige wunderbare Möglichkeiten.

Zugang zu Unterbewusstem

Zumeist ist das Ziel unserer nächtlichen Ausflüge das, was wir als „das Unbewusste" bezeichnen. Darunter ist jener Teil des menschlichen Geistes zu verstehen, der für alles außer den bewussten Aktivitäten des Verstandes zuständig ist. Dadurch bekommen wir die Chance, mehr über unsere (un)bewussten Ängste, Wünsche, Sorgen und anderen Gefühle herauszufinden. Wir lernen unser Selbst auf einer anderen Ebene kennen, was manchmal eine echte Herausforderung sein kann. Insbesondere Alpträume können uns sehr viel Wissen über unsere wahren Emotionen und tiefsitzenden Ängste preisgeben. Auf Traumebene offenbaren sich nicht nur unsere wahren Emotionen und deren zugrundeliegenden Motive, sondern auch unsere verborgene Sehnsüchte und Wünsche.

Ich sitze im Auto. Direkt vor mir fährt meine Schwester in Begleitung eines meiner Kinder. Um uns herum liegt jede Menge Schnee und ich fahre wie auf rohen Eiern. Plötzlich kommt das Auto meiner Schwester von der Straße ab und ich kann nichts anderes tun, als dabei zuzusehen, wie es an einem Baum kollidiert. Hastig steige ich aus und eile zur Unfallstelle. Ich suche meinen Sohn und kann ihn doch nirgendwo finden. Ich suche und suche, bis ich ihn endlich entdecke. Er liegt am Boden, ist kaum ansprechbar und ich rufe verzweifelt um Hilfe. „Du darfst mich nicht auch noch verlassen!", schluchze ich, während ich seinen Kopf halte. „Zwei Kinder zu verlieren überlebe ich nicht."

Brücke zur geistigen Welt

Über Träume lässt sich nicht nur hervorragend Kontakt mit Verstorbenen aufnehmen, wir erhalten dabei auch die Möglichkeit mit geistigen Helfern jeglicher Art zu interagieren. Meiner Erfahrung nach sind wir für die Bewohner der geistigen Welt nachts weitaus einfacher zu erreichen als tagsüber, wenn wir uns im Wachzustand befinden. Während unser Körper tief und fest schläft und sich von der Vielzahl an Strapazen des täglichen Lebens erholt, begibt sich unser Geist in einen Ruhemodus, der es ihm gestattet, seine Tore für andere Dimensionen zu öffnen. Unzählige Menschen berichten davon, in ihren Träumen Besuch von Verstorbenen erhalten zu haben. Manch andere wiederum würden sich ein derartiges Wiedersehen auf

Traumebene nur allzu gerne wünschen. Wenn du mich fragst, erhält jeder Mensch in seinen Träumen Besuch von geliebten Verstorbenen. Der springende Punkt dabei ist, nicht jeder kann sich daran erinnern.

Heute Nacht träume ich von meiner Freundin Katharina. Wir sind in der Schule und irgendwie wirkt es, als wäre sie nie fort gewesen. Dabei geht es darum, dass ich ein Bild malen soll und keine Ahnung habe, wie ich das bewerkstelligen soll. Katharina hilft mir einen Weg zu finden und ich weiß, sie steht mir nach wie vor zur Seite, wenn ich Hilfe benötige.

Reinkarnationsträume

Beschäftigt man sich intensiv mit den eigenen Träumen wird man, früher oder später, auf sogenannte Reinkarnationsträume stoßen. Dabei handelt es sich um spannende Einblicke in vergangene Leben, in welchen der Träumende mit einem (oder mehreren) früheren Selbst(e) konfrontiert wird. Genauer gesagt nimmt er sich dabei als gänzlich andere Person in einem gänzlich anderen Leben wahr und bekommt dadurch die Gelegenheit, Rückschlüsse auf die aktuelle Inkarnation zu ziehen.

Ich bin eine wunderschöne Tänzerin, um die fünfundzwanzig und ein regelrechtes Energiebündel. Der heutige Unterricht ist zu Ende, als ich mich in Windeseile in Richtung Garderobe begebe, um mich umzuziehen. Kritisch werde ich dabei von einer meiner Kolleginnen ins Visier genommen, die angesichts meines extravaganten Kleidungsstils die Nase rümpft. Ich bin ein bunter Vogel, innerlich sowie äußerlich und habe keine Angst davor, meine Persönlichkeit nach außen hin zu zeigen. Keine Minute später haste ich zur Tür hinaus, denn heute ist ein ganz besonderer Tag. Mein Freund kommt mich besuchen. Er ist Schüler einer Gesangsschule und wir führen schon seit einer ganzen Weile eine Fernbeziehung. Freudestrahlend werfe ich mich ihm um den Hals und wir küssen uns innig, als er mir kurz darauf ins Ohr flüstert: „Du hast mir gefehlt." Jetzt erst erkenne ich, dass es sich dabei um meinen Mann handelt, denn in Wahrheit sind wir einander bereits in unzähligen Leben begegnet. Als ich aufwache, spüre ich das Gefühl der Sehnsucht in mir, das ich als diese junge Frau hatte und nehme mir fest vor, meinem Mann von nun an mehr Aufmerksamkeit entgegenzubringen.

Zukunftsträume

So wie wir Einsicht in die Vergangenheit nehmen können, so besteht auch die Möglichkeit, einen Blick in die Zukunft zu werfen. Dabei ist wesentlich, dass es sich lediglich um eine mögliche Version der Zukunft handelt, was wiederum bedeutet, dass nicht alles, wovon wir träumen, sich auch tatsächlich bewahrheiten muss. Manchmal soll der Träumende lediglich auf ein aktuelles Problem hingewiesen werden, um dementsprechend Schlüsse und Konsequenzen daraus zu ziehen. Schlussendlich macht der freie Wille es zu jeder Zeit möglich, andere Wege einzuschlagen und den Lauf der Geschichte zu verändern.

Heute Nacht träume ich von einer Bekannten. Ich habe sie schon seit Jahren nicht mehr gesehen und doch taucht sie überaus präsent in einem meiner Träume auf. Deutlich erkenne ich, dass sie schwanger ist, als sich eine Stimme zu Wort meldet und bestätigt: „Das hast du richtig analysiert." Gleich am nächsten Morgen schreibe ich ihr und siehe da, sie ist tatsächlich in der fünften Woche schwanger. Dabei weiß niemand sonst, abgesehen von ihrem Mann und ihren Eltern, von dem kleinen Wunder.

Alternative Realitäten

Sollten uns Astralreisen eines lehren, dann, dass es problemlos möglich ist, sich zwischen den Dimensionen hin- und herzubewegen, wodurch uns wertvolle Informationen aus der Vergangenheit, der Gegenwart oder der Zukunft zur Verfügung stehen. Im Grunde genommen handelt es sich bei Träumen um nichts anderes als einer weiteren Realitätsebene, an der unser Bewusstsein andocken kann. Dabei ist es häufig der Fall, dass wir, während wir schlafen, mit sogenannten Realitätsüberlagerungen bzw. Verschiebungen einzelner

Realitätsebenen konfrontiert sind, was wiederum bedeutet, dass ein Teil unseres Bewusstseins sich in eine andere koexistierende Parallelwelt begibt. Diese alternativen Realitäten zeigen dem Träumer auf, was passiert wäre, hätte er sich für einen anderen Lebensweg entschieden. Jeder Mensch ist in Besitz eines freien Willens, der es möglich macht, zwischen zwei oder mehreren Optionen zu wählen. Haben wir uns erst einmal entschieden, wäre es durchaus denkbar, dass sich zeitgleich eine neue Realität mit einer weiteren Version unseres Ichs abspaltet, auf welche wir mittels unserer Träume Zugriff haben. Was wäre, hätten wir uns nicht für diesen einen Mann entschieden? Wie wäre unser Leben wohl verlaufen? Demzufolge sind Träume dazu in der Lage, uns Antworten auf „Was wäre wenn" Fragen zu liefern. Auch wenn wir momentan noch nicht viel über diese verschiedenen koexistierenden alternativen Realitäten wissen, so bin ich doch zuversichtlich, dass wir eines Tages Mittel und Wege finden werden, um diese genauer unter die Lupe zu nehmen.

Ich befinde mich in einer Wohnung, meiner Wohnung. Plötzlich läutet es an der Tür und ich kann es kaum erwarten, den Besucher zu empfangen. Dabei handelt es sich um einen jungen Mann und ich weiß, wir führen seit geraumer Zeit eine Beziehung miteinander. „Hallo, Schatz!", begrüßt er mich und küsst mich leidenschaftlich. Ich bin sehr glücklich mit ihm und doch frage ich mich, wie es wohl meinem Mann dabei ergehen muss.

Konkrete Hilfestellungen

Eine weitere Möglichkeit, die Träume für uns bereit halten, ist, dass es sich darüber ganz hervorragend Antworten auf aktuelle Fragen, das eigene Leben betreffend, erhalten lässt. Ist es dir schon einmal passiert, dass du der Lösung eines Problems in einem deiner Träume begegnet bist? Falls nicht, darfst du das Ganze gerne gleich heute Abend ausprobieren und mit einer konkreten Frage zu Bett gehen. Zusätzlich kannst du sie dir, wenn du möchtest, auf einen kleinen Zettel schreiben, den du anschließend unter deinem Kopfpolster platzierst. Mit etwas Geduld könnte es durchaus passieren, dass du in den darauffolgenden Nächten die Antwort, nach der du schon lange suchst, in einem deiner Träume erhältst, vorausgesetzt natürlich du kannst dich daran erinnern. Wesentlich bei der ganzen Sache ist, dass sich Traumbotschaften uns für gewöhnlich in verschlüsselter Form präsentieren, weshalb es von großer Bedeutung ist, sich zusätzlich zur Erinnerungsfähigkeit, mit der korrekten Deutung der eigenen Trauminhalte auseinanderzusetzen.

Heute Nacht träume ich davon, mit dem Auto unterwegs zu sein. Ich werde vollkommen eins mit dem Asphalt und komme zügig voran. Obwohl ich keine Ahnung habe, wohin ich fahre, kommt mir plötzlich ein Gedanke in den Sinn. Der Weg ist das Ziel! Nichts anderes soll ich tun, denn genau darum geht es und ich vertraue darauf, dass ich mich haargenau an dem Punkt meines Lebens befinde, an dem ich momentan sein soll.

Luzide Träume und außerkörperliche Erfahrungen

Träume eignen sich ganz hervorragend als Sprungbrett für luzide Träume sowie außerkörperliche Erfahrungen. In den vielen Jahren meiner Traumerkundungen habe ich festgestellt, dass, je intensiver wir uns mit den eigenen Träumen auseinandersetzen und je besser wir uns daran erinnern können, umso mehr Bewusstsein wir in unsere Traumwelt verlagern und erleben eines Nachts ganz automatisch luzide Träume sowie außerkörperliche Erfahrungen.

Wie du mittlerweile weißt, träumt jeder Mensch bis zu zwei Stunden pro Nacht. Vielleicht fragst du dich nun, zu welchem Zeitpunkt unsere Träume stattfinden. Wir wissen zwar nicht genau, weshalb wir träumen, aber darüber, was während des Schlafes passiert, gibt es einige wissenschaftliche Erkenntnisse. Im Grunde genommen bewegen wir uns die ganze Nacht über zwischen zwei Phasen, dem Non-Rem-Schlaf und dem Rem-Schlaf. Hauptsächlich in Letzterem, dem Rem-Schlaf, treten Träume auf, weshalb sich diese Phase auch als Traumzeit bezeichnen lässt.

Befinden wir uns in der Rem-Phase fällt sofort auf, dass unsere Gehirnwellen denen des Wachzustandes ähneln, was wiederum bedeutet, dass während dieser Zeit bestimmte Bereiche unseres Gehirns besonders aktiv sind. Der Non-REM-Schlaf hingegen ist durch langsame Gehirnwellen gekennzeichnet. In den ersten

Nachtstunden ist diese Traumzeit noch relativ kurz und dauert lediglich fünf bis maximal zehn Minuten. Im Laufe der Nacht scheint sich das wesentlich zu verändern und wir verbringen zunehmend mehr Zeit mit Träumen. Die Rem-Phasen werden bedeutend länger, während die Non-Rem-Phasen sich verkürzen. Gegen Ende der Nacht können die beiden letzten REM-Phasen, abhängig davon, wie viel Schlaf wir insgesamt bekommen, sogar bis zu fünfzig Minuten dauern. Speziell Klarträumer sowie Astralreisende machen sich dieses Wissen zu eigen und nutzen diese Zeit, um Akes bzw. luzide Träume einzuleiten. Um sich an Träume erinnern zu können, ist also der Zeitpunkt des Aufwachens von entscheidender Bedeutung. Während wir uns in der ersten Nachthälfte nur selten an einen Traum erinnern können (aufgrund der kurzen Traumzeit), ist die Chance, am Ende einer Traumphase oder mittendrin aufzuwachen, in der zweiten Nachthälfte weitaus größer.

Erinnerungstechniken

„Piep, piep, piep!", schon reißt dich das laute Schrillen des Weckers aus dem Schlaf. Schlaftrunken tasten deine Finger nach dem Schalter, während du darüber nachdenkst, nicht noch ein bisschen liegen zu bleiben. Irgendwann motivierst du dich dann doch dazu aufzustehen und während du dich gähnend Richtung Badezimmer aufmachst, kommt dir ein flüchtiger Gedanke in den Sinn. Was war das schnell nochmal, wovon du soeben geträumt hast? Eine flüchtige Erinnerung taucht auf, um im selben Augenblick auch schon wieder zu verblassen. Dutzende Gedanken strömen auf dich ein und beanspruchen deine volle Aufmerksamkeit während dein Traum allmählich in den Hintergrund rückt und in Vergessenheit gerät. Einen Moment lang bemühst du dich darum, noch etwas davon im Kopf zu behalten, doch es hat keinen Zweck. Der Traum ist längst verflogen und sämtliche Erinnerungen daran sind ein für allemal verloren.

So und nicht anders ergeht es vielen Menschen kurz nachdem sie aufgewacht sind und selbst wenn sie das Gefühl haben, soeben etwas geträumt zu haben, gelangen sie einfach nicht an diese wertvollen Erinnerungen. Die Zeit am Morgen ist dafür viel zu kurz und die Flut der alltäglichen Gedanken zu mächtig, um daran festzuhalten. Dabei muss das nicht immer so bleiben, denn mithilfe ein paar simpler Techniken kannst du relativ rasch etwas daran ändern. Du musst dich lediglich dazu entscheiden und dazu bereit sein, dich täglich zirka eine halbe Stunde lang aktiv mit deinen Träumen auseinanderzusetzen.

Vor dem Einschlafen

Affirmation schreiben: Nimm dir (täglich!) vor dem Schlafengehen ein leeres Blatt Papier sowie einen Stift zur Hand. Fülle die ganze Seite mit einer für dich passenden Affirmation. z.B. „Wenn ich heute Nacht aufwache, erinnere ich mich an meine Träume!" oder „Ab sofort erinnere ich mich an alle meine Träume!"

Beachte dabei unbedingt, dass deine Affirmation keinerlei Spielraum für Zweifel offen lassen sollte. Vermeide aus diesem Grund Formulierungen wie „ich hätte gerne", „ich wünsche mir" usw. Formuliere deine Worte positiv und in der Gegenwart! Die Affirmation deiner Wahl sollte sich gut anfühlen und dir locker von den Lippen gehen. Gehe dabei nicht nur davon aus, dass ihre Wirkung sich nach dem Einschlafen unverzüglich entfalten wird, sondern fordere von deinem Unterbewusstsein nach einer raschen Umsetzung. Gehst du dabei zu halbherzig an die ganze Sache heran, wirst du am nächsten Tag die Quittung dafür kassieren und deine Traumerinnerung wird sich kaum bessern.

Affirmation sprechen: Konzentriere dich während des Einschlafens auf einen einfachen, prägnanten Satz. Er sollte kurz und schlicht sein, z.B. „Ich erinnere mich an meine Träume!". Wiederhole diese Affirmation, während du in den Schlaf hinübergleitest. Wandern deine Gedanken zu anderen Themen, kehre einfach wieder zu deinem Satz zurück! Im Idealfall wird er zu deinem letzten Gedanken ehe du einschläfst, denn dein Gehirn führt oftmals den letzten Befehl, den es erhält, spontan aus.

Visualisieren: Stell dir sowohl beim Schreiben als auch beim Sprechen der Affirmation vor, wie du am nächsten Morgen aufwachst, dich an deine Träume erinnerst und sie in deinem Tagebuch notierst. Stell dir zusätzlich vor, wie es sich anfühlen wird aufzuwachen und dich lebhaft an einen Traum zu erinnern! Beziehe dabei unbedingt deine Gefühle mit ein, denn auf diese Art und Weise kann deine Affirmation noch viel tiefer in dein Unterbewusstsein vordringen und ihre Wirkung entfalten.

Bemühe dich darum, sämtliche Punkte jeden Abend möglichst gewissenhaft durchzuführen. Sobald du dich einmal konstant gut an deine Träume erinnern kannst, musst du nicht mehr jeden Abend daran festhalten.

Gesunde Schlafgewohnheiten

Folgende Techniken wirken sich nicht nur positiv auf deine Traumfähigkeit aus, sondern sind auch insgesamt gut für deine Gesundheit.

Einschlafrituale einführen: Mach etwas, das dich entspannt! Nimm eine heiße Dusche, genieße eine wohltuende Massage oder lies ein Buch! Meditiere oder schreib eine To-Do-Liste für den kommenden Tag! Laut Studien ist Fernsehkonsum vor dem Zubettgehen einer der Hauptfaktoren für schlechten Schlaf. Dreh die Kiste also lieber ab und beschäftige dich mit etwas anderem! Dasselbe gilt übrigens auch für Handys, Spielkonsolen oder Tablets. Alles was viel Krach macht und deine Reize überflutet kann sich negativ auf deine Erinnerungsfähigkeit auswirken, denn im Grunde genommen wirst du diese Eindrücke mit in den Schlaf hineinnehmen.

Schlafenszeit: Achtest du darauf, jeden Abend zur gleichen Zeit schlafen zu gehen, wird dein Schlafrhythmus regelmäßiger. Geh bitte auch nicht zu spät schlafen, sonst läufst du Gefahr, die entscheidenden letzten Traumphasen zu verpassen. Idealerweise begibst du dich demnach zwischen 21 und 22 Uhr zu Bett.

Konsum von bewusstseinsverändernden Substanzen: Jegliche Form von Substanz, sei es Alkohol, Nikotin, Marihuana oder Koffein wirkt sich negativ auf deine Träume sowie Traumerinnerung aus. Dabei kann es nicht nur passieren, dass es zur Unterdrückung der REM-Phasen kommt, auch die einzelnen Tiefschlafphasen können sich über ihr übliches Ausmaß ausdehnen, was wiederum verheerende Auswirkungen auf deine Traumerinnerung haben kann.

Das richtige Aufwachen

Betrachtet man sämtliche Erinnerungstechniken, kommt dem richtigen Aufwachen dabei wohl die zentralste Rolle zu, denn nichts lässt deine Träume schneller verblassen als ein zu schnelles Aufwachen. Wie du dem ganz einfach entgehen und wie du Schritt für Schritt lernen kannst, dir verloren gegangene Erinnerungen wieder ins Gedächtnis zu rufen, das möchte ich dir nun verraten.

Langsam aufwachen, nicht bewegen: Sobald du aufgewacht bist, vermeide jegliche Bewegung und öffne nicht deine Augen. Bleib möglichst regungslos liegen und versuch dich dabei zu entspannen. Nimm dir nach dem Aufwachen Zeit, dich an das soeben Geträumte zu erinnern. Lass alle anderen Gedanken außer Acht, denn es besteht die Gefahr, wertvolle Erinnerungen mit anderen Sinneseindrücken zu überlagern.

Bruchstücke sammeln: Nur selten können wir uns direkt nach dem Aufwachen an einen ganzen Traum erinnern, was keinesfalls schlimm ist, denn du kannst ganz einfach damit beginnen, was noch an Erinnerung vorhanden ist. Unser Gedächtnis funktioniert über Assoziationen und erinnerst du dich an eine Sache, wird dir mit hoher Wahrscheinlichkeit auch eine zweite einfallen. Schon bald wird die Erinnerung an Dynamik zunehmen und an Kraft gewinnen. Frage dich dabei immer wieder: „Woran kann ich mich erinnern?" und gehe von dort aus zurück oder weiter nach vorne.

Traumzeichen beachten: Üblicherweise träumen wir regelmäßig von ein und denselben Personen, Orten, Handlungen, Themen usw. Eine Möglichkeit an wertvolle Traumerinnerungen zu gelangen ist es, alle dir bekannten Traumzeichen im Kopf durchzugehen. Die Chance, dich dadurch an einen Traum zu erinnern, ist durchaus gegeben.

Schlafposition: Bleibt die Blockade dennoch bestehen, wechsle die Schlafposition. Leg dich auf die Seite, rolle dich auf den Rücken, geh in die Bauchlage, aber vermeide bitte auch hier jede ruckartige Bewegung! Oftmals erinnert man sich leichter an ein Geschehnis, wenn man die gleiche Position einnimmt, die man während des Traumes hatte.

Emotionen: Wenn du dich immer noch nicht erinnern oder eine Handlung rekonstruieren kannst, kann es durchaus hilfreich sein, auf die eigenen Emotionen zu achten. Wie fühlst du dich im Augenblick? War es ein guter oder ein schlechter Traum? Emotionen sind ein guter Indikator dafür, um welche Art von Traum es sich gehandelt haben könnte. Wenn du dich an nichts erinnern kannst, schreib auf, wie du dich gefühlt hast und welche Gedanken dir im Moment durch den Kopf gehen. Möglicherweise werden dadurch weitere Erinnerungen ausgelöst.

Traumtagebuch führen: Halte deine Träume täglich in deinem Traumtagebuch fest!

Deutung: Versuche deine Träume zu interpretieren und notiere deine Gedanken schriftlich in deinem Tagebuch.

Traumtagebuch

Du hast dich dazu entschlossen deinen Träumen ab sofort mehr Beachtung zu schenken. Ich möchte dir zu diesem Schritt gratulieren und dir nun ein weiteres wichtiges und absolut notwendiges Hilfsmittel vorstellen, um wieder in Kontakt mit deiner Traumwelt zu gelangen. Das Traumtagebuch! Darin wirst du, ab sofort, täglich deine nächtlichen Erlebnisse festhalten und die Zahl jener Träume, die dir im Gedächtnis bleiben, wird dadurch kontinuierlich steigen. Dein Traumtagebuch sollte unbedingt ein besonderes Buch, Heft etc. sein. Vielleicht magst du dir zu diesem Zweck auch einen eigenen besonders schönen Stift organisieren. Alles, was deinem Unterbewusstsein signalisiert, dass dieses Buch einen besonderen Stellenwert für dich hat, ist hilfreich.

Vielleicht fragst du dich, weshalb es überhaupt wichtig ist, die eigenen Träume schriftlich festzuhalten, insbesondere deshalb, weil dir morgens sowieso schon viel zu wenig Zeit bleibt. Die Wahrheit ist, dass der eigentliche Wert des Traumtagebuchs jenen Aufwand, der damit verbunden ist, bei Weitem übersteigt. Es hilft dir, deine Traumerinnerung zu verbessern und in Kontakt mit deinem Unterbewusstsein zu treten, denn falls Träume tatsächlich wichtige Botschaften beinhalten, dann müssen wir ihnen auch die dementsprechende Aufmerksamkeit zukommen lassen. Ignorieren wir sie, werden sie über kurz oder lang aus unserem Leben verschwinden und du verpasst eine Vielzahl an wunderbaren

Möglichkeiten. Ein Traumtagebuch zu führen hört sich komplizierter an als es tatsächlich ist und doch solltest du dabei einige Dinge beachten.

In Griffweite legen: Lege das Traumtagebuch griffbereit aufs Nachtkästchen bzw. in die Nähe deines Bettes. So musst du nach dem Aufwachen nicht danach suchen und vergeudest keine wertvolle Zeit. Vergiss keinesfalls auch einen Stift bereitzuhalten, denn du weißt ja, das Zeitfenster, um sich an Geträumtes zu erinnern, ist relativ kurz.

Nutze ein Diktiergerät oder dein Handy: Solltest du nach dem Aufwachen besonders wenig Zeit haben, dann könnte sich ein Diktiergerät oder dein Handy als hilfreich erweisen. Sprich deine Erinnerungen auf das Diktiergerät oder notiere sie dir stichwortartig auf deinem Handy. Sobald du tagsüber etwas mehr Zeit zur Verfügung hast, übertrage deine Notizen in Ruhe in dein Traumtagebuch. Dabei ist es absolut wesentlich, deine Träume (hand)schriftlich festzuhalten, denn erst dadurch wird sich deine Erinnerung dauerhaft verbessern.

Datum und Traumeintrag: Bevor du schlafen gehst, notiere dir in deinem Traumtagebuch das Datum des darauffolgenden Tages und darunter ein eigenes Traumzeichen (z.B. „T" für Traumeintrag). Allein die Absicht dich am kommenden Morgen an etwas erinnern zu wollen, könnte deine Erinnerungsfähigkeit massiv steigern.

Schlüsselworte: Notiere dir nach dem Aufwachen wichtige Schlüsselwörter, die dir in den Sinn kommen. Du musst keinen Roman schreiben, denn es reicht vollkommen aus deinen Traum vorerst stichwortartig festzuhalten. Sobald du tagsüber etwas mehr Zeit hast, solltest du deine Notizen ausführlich in dein Traumtagebuch übertragen.

In der Gegenwart schreiben: Schildere deine Träume in der Gegenwart, so als würdest du sie genau in diesem Moment erleben. Dadurch kehrst du gedanklich in deinen Traum zurück und stärkst die Erinnerung an einzelne Details. Zusätzlich kann es passieren, dass während des Erinnerns weitere neue sowie wichtige Infos hinzukommen.

Einen Titel finden: Gebe deinem Traum einen passenden Titel. Das hilft dir nicht nur später dabei das Erlebte zu deuten, du wirst auch dazu in der Lage sein, deinen Traum weitaus rascher zwischen deinen Einträgen wiederzufinden.

Zeichnungen: Fertige Zeichnungen oder Skizzen an! Alles, was deine Sinne anspricht, wird noch tiefer in dein Unterbewusstsein dringen und sich dort festigen.

Setz dir ein Ziel: Beende deinen Traumtagebucheintrag indem du dir ein Ziel für die darauffolgende Nacht setzt. (z.B. „Morgen erinnere ich mich an drei Träume!")

Weiterführende Tipps

Austausch: Mache es dir zur Gewohnheit, dich regelmäßig über deine Träume auszutauschen. Erzähle deiner Familie, deinem Partner oder deinen Kindern davon und versucht euch gemeinsam an einer dementsprechenden Deutung. Führt ein eigenes Ritual ein, bei welchem ihr euch, beispielsweise am Frühstückstisch, über eure Träume unterhält. Dein Unterbewusstsein wird es dir danken!

Zensieren verboten: Bemühe dich darum, beim Notieren deiner Träume kein noch so winziges Detail auszulassen. Unterlasse Zensuren und schreib wirklich alles haargenau so auf, wie es passiert ist.

Emotionen festhalten: Halte nicht nur möglichst viele Details deines Traumes in deinem Tagebuch fest, sondern leg dabei den Fokus zusätzlich darauf, wie du dich währenddessen gefühlt hast. Emotionen sind (insbesondere für die Deutung) ebenso wichtig wie das, was du dabei erlebt hast.

Wiederholen: Gewöhne es dir an, deine Traumtagebucheinträge in regelmäßigen Abständen durchzulesen und dir nochmals in Erinnerung zu rufen. Leg dir einen bestimmten Wochentag fest, an dem du alles nochmals in Gedanken durchgehst. Mache dasselbe nach einem Monat!

Rückschläge: Nimm Rückschläge in Kauf, den sie gehören nun einmal dazu und lassen sich kaum vermeiden. Es passiert durchaus auch einem geübten Träumer, dass er sich eines Morgens – trotz aller Bemühungen – an keinen einzigen Traum erinnern kann. Lass dich davon nicht unterkriegen, sondern intensiviere ganz einfach dein Bestreben dich erinnern zu wollen. Es dauert eine Weile, bis du dich konstant gut an deine Träume erinnern kannst.

Gedächtnistraining: Nimm dir jeden Abend etwas Zeit und gehe den heutigen Tag in Gedanken noch einmal durch. Beginne beim Abend und versuche dich Schritt für Schritt daran zu erinnern, was du heute gemacht hast. Beziehe deine Emotionen unbedingt mit ein! Mit der Zeit wird dir diese Übung zunehmend einfacher fallen und deine Erinnerungsfähigkeit wird es dir danken.

Unterbewusstsein: Beziehe unbedingt dein Unterbewusstsein in dein Vorhaben mit ein! Beende deinen Traumtagebucheintrag mit einer direkten Botschaft an dein Unterbewusstsein, indem du Folgendes schreibst: „Danke liebes Unterbewusstsein für deine Hilfe. Morgen werde ich mich, dank deiner Hilfe, noch viel besser an meine Träume erinnern"

Traumzeit: Nutze gezielt die REM-Phasen (Traumzeit)! Stelle dir dazu einen Wecker und lass dich nach vier bis fünf Schlafzyklen wecken. Die Chance direkt aus einer Traumphase geweckt zu werden ist dadurch weitaus höher und du wirst dich besser an deine Träume erinnern können als in der ersten Nachthälfte.

Wasser: Trinke vor dem Schlafengehen ein Glas Wasser. Aus irgendeinem Grund wirkt sich dieses kleine Ritual massiv auf deine körpereigene Schwingung sowie auf deine Erinnerungsfähigkeit aus.

Traumdeutung

Führen wir ein Traumtagebuch, haben wir die Möglichkeit, Dinge über uns selbst in Erfahrung zu bringen, die wir aus unserem alltäglichen Wachbewusstsein heraus normalerweise ignorieren würden. Gesundheitliche Probleme können uns im Traum beschäftigen, lange bevor wir in der Wachwelt erste Symptome bemerken. Unsere Beziehungen schleichen sich in unsere Träume ein und offenbaren uns unsere wahren Gefühle, ganz gleich ob sie nun positiv oder negativ sind. Es kommen schlechte sowie gute Gewohnheiten ans Licht, die wir gegebenenfalls hinterfragen sollten. Hinweise zu alltäglichen Problemen und Veränderungen, die wir vornehmen sollten, damit unser Leben besser und reibungsloser läuft.

Stell dir dein Traumtagebuch als riesengroße Datenbank deiner Innenwelt vor. Alles, was dich bewusst bzw. unbewusst beschäftigt ist dort abgespeichert. Nicht wenige Menschen legen sich diverse Traumlexika an, um den Sinn hinter ihren Träumen zu erkennen. Doch ganz so einfach ist es nun auch wieder nicht. Deshalb lass dir Folgendes gesagt sein! Träume sind etwas ausgesprochen Persönliches, Intimes! Sie gehören ausschließlich dir und was für den einen ein Baum ist, ist für den anderen noch lange kein Baum! Vor zehn Jahren löste ein Baum in ein und demselben Menschen ganz andere Assoziationen aus als heute, was wiederum bedeutet, dass nur du allein in der Lage dazu bist, deine Träume zu deuten. Trotzdem gibt es einige Anhaltspunkte, die du bei der Deutung beachten kannst:

Emotionen: Die Emotionen, die du während eines Traum hattest, stellen ein wesentliches Hilfsmittel bei der Deutung dar! Wie hast du dich dabei gefühlt? Warst du wütend, traurig oder voller Freude? Kombiniere daher deine Interpretation stets unter Berücksichtigung der Gefühle, die du dabei hattest.

Spezifische Bedeutungen: Bestimmte Räumlichkeiten, Personen, Orte können spezifische Bedeutungen einnehmen. Was verbindest du mit Person XY? Wofür steht für dich dein Schlafzimmer bzw. das Badezimmer? Taucht beispielsweise immer wieder dein Arbeitsplatz in deinen Träumen auf, so wird sich auch die Deutung mit hoher Wahrscheinlichkeit darauf beziehen.

Aktueller Bezug: Aktuelle Ereignisse, die in deinen Träumen auftauchen, deuten auf einen aktuellen Bezug hin! Träumst du von etwas, das sich momentan in deinem Leben abspielt, so kann das ein Hinweis darauf sein, dass sich auch die Traumbotschaft auf eine aktuelle Situation bezieht.

Stress verboten: Es bedingt etwas Zeit und Übung dich durch deine Träume zu wühlen und Sinn dahinter zu erkennen. Nur die Erfahrung bringt so mancherlei Bedeutung zum Vorschein. Lass dir deshalb ausreichend Zeit und setz dich nicht allzu sehr unter Druck.

Symbole: Sehr häufig tauchen in unseren Träumen Symbole auf, die stellvertretend für andere wichtige Dinge stehen. Überlege, was du damit assoziierst!

Traumbeispiele

<u>Beispiel 1:</u>

Ich bin mit dem *Auto* (Körper, Fortbewegungsmittel, aktuelle Inkarnation) unterwegs. Aus irgendeinem Grund habe ich Probleme beim Lenken bzw. Bremsen. Ich verspüre Panik und das Gefühl keine Kontrolle zu haben. Kurz darauf *komme ich von der Straße ab* (schlage aktuell den falschen Weg, die falsche Richtung ein).

<u>Beispiel 2:</u>

Ich befinde mich im *Urlaub* (aktuelle Inkarnation) mir meiner Familie. Wir sind gerade dabei, unsere *Koffer zu packen* (Heimreise in die geistige Welt) als ich feststelle, dass ich viel zu wenig Platz darin habe. Überall im Zimmer kommen weitere *Gegenstände, Bekleidungsstücke* (Materielles, Last) zum Vorschein. Es nimmt einfach kein Ende. Ich fühle mich überfordert, denn schon bald ist es Zeit für die Heimreise. Da wird mir klar, das kann sich niemals ausgehen! Ich muss einiges davon *zurücklassen* (Entledigung von unnötigem Ballast, Loslassen bzw. Entsorgen von Materiellem).

Beispiel 3:

Vor dem Einschlafen richte ich folgende Frage an die geistige Welt: „Soll ich an einer bestimmten Weiterbildung teilnehmen oder lieber die Finger davon lassen?" Noch in derselben Nacht habe ich folgenden Traum:

Ich befinde mich im *Schlafzimmer* (persönlich, intim, Beziehung) und liege im Bett. Alle schlafen schon und ich versuche meiner Schwester eine Nachricht zu überbringen. Sie bezieht sich auf einen Gruppenkurs, an dem ich leider *nicht teilnehmen* (Teilnahme ist wenig sinnvoll) kann, denn die aktuellen Umstände machen es nicht möglich. Ich versuche ihr mit einem eigenartigen Stift eine Nachricht auf einer *großen Tafel* (Möglichkeit luzid zu werden) zu hinterlassen.

Anmerkung: Beinah jeder Traum liefert uns eine breite Palette an Traumzeichen, um luzid zu werden, d.h. sich des eigenen Traumzustandes bewusst zu werden. Dabei kann es sich um eine Reihe unlogischer Ereignisse oder aber auch um seltsam aussehende Gegenstände handeln.

<u>Beispiel 4:</u>

Ich befinde mich mit meiner Familie in einer Therme. Wir machen dort *Urlaub* (Leben, Inkarnation). Plötzlich stehe ich in einem Raum und suche seltsam aussehende Tonschüsseln aus. Ich *kaufe* mehrere davon, obwohl ich sie eigentlich nicht brauche (Konsum, Materielles, brauche ich das wirklich?). Danach mache ich mich auf den Weg zu meinem Mann, während meine beiden ältesten Kinder einstweilen bei ihrer Oma sind. Mein Mann und ich wollen etwas Zeit zu zweit verbringen. Ich gehe durch das Thermenhotel und mir fällt auf, dass ich nichts bis auf einen *weißen Bademantel* (Bequemlichkeit, Gewohnheiten*)* trage. Schnell gehe ich durch die Eingangshalle zu meinem Mann, der mich bereits erwartet, denn er hat eine Kosmetikbehandlung für uns beide gebucht. Das halte ich für absolut *unnötig* (Äußerlichkeiten sind nicht so wichtig), als unverzüglich zwei Damen auftauchen und mit der Behandlung starten. Irritiert frage ich meinen Mann, wo unser jüngster Sohn ist. Er sagt, dass ein Bekannter, den ich nicht kenne, auf ihn aufpasst. Ich bin *entsetzt und wütend* zugleich (Angst, dass es einem meiner Kinder schlecht gehen könnte). „Wie kannst du nur unser Kind einem Fremden anvertrauen?", werfe ich ihm an den Kopf. Aufgebracht stehe ich auf und mache mich auf dem Weg zu ihm. „Wo genau finde ich die beiden?", möchte ich wissen. „Im vierten Stock gleich neben den Behandlungsräumen", antwortet mein Mann. Entsetzt mache ich mich auf den Weg dorthin und frage mich einstweilen, ob sie mich überhaupt ohne *PCR Test* (aktueller Bezug) hinein lassen werden. Eine Frau kommt mir entgegen und ich sage: „Ich hole das Baby ab!". Sie weiß längst Bescheid und hebt den Teppich unter sich, um eine

Kiste hervorzuholen. Ich bin entsetzt. Sie öffnet die Kiste. Darin befindet sich ein *Kuchen in Form eines Kindes* (Möglichkeit luzid zu werden). „Das ist nicht mein Sohn!", rufe ich entsetzt und allmählich bekomme ich Panik. „Wo ist mein Kind?", frage ich. Doch es scheint wie vom Erdboden verschluckt zu sein. Kurze Zeit später befinde ich mich wieder im Eingangsbereich des Hotels und sage zu meinen Kindern, die plötzlich um einige Jahre älter wirken: *„Wir sollten froh sein, einander zu haben."* (was im Leben wirklich zählt)

Anleitung zur außerkörperlichen Erfahrung

Bevor ich meine Herangehensweise zum Erreichen des Zustandes der Außerkörperlichkeit mit dir teile, solltest du Folgendes unbedingt wissen. Mittlerweile wimmelt es in Büchern sowie im Internet von unzähligen Anbietern diverser Techniken und jeder davon scheint hundertprozentig von der eigenen Vorgehensweise überzeugt zu sein. Ich habe mich lange Zeit dagegen gewehrt, mich ihnen anzuschließen und doch möchte ich mich nun mit dir ausführlich darüber unterhalten.

Meiner Meinung nach gibt es keine universelle Anleitung, denn, ebenso wie bei der Schlafunterbrechung, gilt auch hier gut auf die eigenen Bedürfnisse zu achten. Jeder Mensch ist individuell und nicht jede Methode wird für dich die Passende sein. Manche sind hervorragend darin, Dinge zu visualisieren, während wiederum andere so ihre Schwierigkeiten damit haben. Nicht wenige nutzen den Einsatz von spezifischen Frequenzen, sogenannten binauralen Beats, wohingegen andere diese nicht benötigen. Als ich mit dem Üben anfing, fühlte ich mich regelrecht überfordert und auf mich allein gestellt, dabei wollte ich nichts lieber, als so schnell wie nur möglich meine erste Astralreise erleben. So wie vieles im Leben muss Neues zunächst einmal gründlich erlernt werden und ebenso verhält es sich auch bei diesem Thema. Niemand wird aufgrund einer simplen Anleitung plötzlich Superkräfte entwickeln, und falls doch, so handelt es sich dabei mit Sicherheit um eine Ausnahme. Meiner Erfahrung nach ist am allerwichtigsten, einfach dran zu bleiben und offen zu sein für alles, was dir während des Übungsprozesses zukommt. Niemand kann dir garantieren, wann und ob du deine erste Astralreise erleben wirst, denn letztendlich liegt es allein an dir, ob du Erfolg haben wirst oder nicht. Ebenso wie meine Begleitung für Julian, Petra und Michael eine Art Entwicklungshilfe darstellte, so können dir Anleitungen lediglich einen Anstoß in eine mögliche Richtung liefern. Danach gilt es selbst aktiv zu werden, so hart das auch klingen mag, weshalb ich dich darum bitten möchte, auch meine Anleitung mit Vorsicht zu genießen. Sie ist etwas, das ich mir über mehrere Jahre hinweg hart erarbeitet habe, zahlreiche Rückschläge mit eingeschlossen. Im Nachhinein neigt man sehr oft dazu, die vielen klitzekleinen Schritte, die einen ans Ziel gebracht haben, ganz einfach auszublenden und doch war ein jeder davon wichtig, um dorthin zu gelangen. Aus diesem Grund steht es mir nicht zu zu beurteilen, ob meine Methode für dich geeignet ist, denn niemand kann mit Sicherheit sagen, was die geistige Welt in diesem Leben für dich vorgesehen hat. Dennoch es mir wichtig, dich nicht mit leeren Händen gehen zu lassen. Im Anschluss findest du deshalb eine detaillierte Beschreibung meiner Methode, mit deren Hilfe es mir mittlerweile gelingt, mehrere außerkörperliche Erfahrungen pro Nacht zu erleben. Gerne darfst du dich davon inspirieren lassen und dir die notwendige Motivation holen, um am Ball zu bleiben, denn letztendlich weiß man nie, wann es soweit ist und sich der Himmel auch für dich einen Augenblick lang öffnen wird.

Vorbereitungen

Bevor du Schlafen gehst, nimm dir ein leeres Blatt Papier und einen Stift zur Hand und schreibe folgenden Satz darauf: „Ich mache heute Nacht eine Astralreise und erinnere mich an alles." Stelle dir dabei vor, wie es sich anfühlen wird, heute Nacht endlich in den Genuss deiner ersten außerkörperlichen Erfahrung zu kommen und halt an diesem Gefühl fest, bis du das gesamte Papier mit deiner Affirmation beschrieben hast. Um deine Erinnerungsfähigkeit zusätzlich zu stärken, empfehle ich dir anschließend folgende Methode anzuwenden. Sie dauert weniger als zehn Minuten und ist, korrekt und regelmäßig angewandt, äußerst effektiv.

Lege oder setz dich bequem hin, schließe deine Augen und atme drei Mal tief durch die Nase ein und durch den Mund wieder aus. Komme allmählich zur Ruhe und blende dabei sämtliche störenden Gedanken aus. Wenn du soweit bist, gehe den gesamten heutigen Tag in Gedanken noch einmal von hinten nach vorne durch. Beginne mit dem aktuellen Moment, wandere Stunde um Stunde weiter nach vorne und rufe dir dabei so viele Ereignisse wie nur möglich ins Gedächtnis. Beziehe dabei sämtliche dir zur Verfügung stehenden Sinne mit ein. Wie hast du dich während dieser oder jener Situation gefühlt? Worüber hast du dich heute besonders gefreut? Musstest du dich vielleicht über etwas ärgern? Wonach hat dein Mittagessen und der wohlverdiente Kaffee danach geschmeckt? Bemühe dich darum, so wenig wie möglich auszulassen und sobald du beim Morgen angelangt bist, beende die Übung, nimm einen kräftigen Atemzug, bewege vorsichtig Arme und Beine und öffne langsam deine Augen.

Gehe anschließend zwischen 21 und 22 Uhr zu Bett. Nimm dabei deine übliche Schlafposition ein und versuche rasch einzuschlafen. Gerne kannst du dir, bis es soweit ist, noch einmal deine Affirmation („Ich mache heute Nacht eine Astralreise und erinnere mich an alles") in Erinnerung rufen. Halte so lange in Gedanken daran fest, bis du eingeschlafen bist.

Das Prinzip der Schlafunterbrechung

Insbesondere, wenn du anfängst zu üben, stellt das Prinzip der Schlafunterbrechung ein höchst effektives Hilfsmittel dar, um Astralreisen einzuleiten. Doch zunächst einmal möchte ich dir erklären, was sich dahinter verbirgt. Üblicherweise sind wir es gewohnt nachts zu schlafen und tagsüber aktiv zu sein. Während dein Körper nachts Melatonin ausschüttet, welches dafür sorgt, dass du müde wirst, so ist es tagsüber das Serotonin, das dich wach und munter hält. Aufgrund dieser harten Trennung zwischen Schlaf und Wachsein wird es dir tagsüber und besonders abends sehr schwer fallen, außerkörperliche Erfahrungen zu erleben, da diese in einem weitaus tieferen Bewusstseinszustand stattfinden. Wird diese Grenze jedoch mit Hilfe einer Schlafunterbrechung ausgedehnt, so können dabei die spannendsten Dinge passieren. Mitunter können dabei Phänomene wie Telepathie, Hellsehen, luzides Träumen, aber auch außerkörperliche Erfahrungen auftauchen. Eine gekonnte Schlafunterbrechung zum richtigen Zeitpunkt macht es demnach möglich, relativ rasch in tiefere Bewusstseinszustände einzutauchen. Um dorthin zu gelangen, solltest du idealerweise zwischen vier bis fünf Stunden geschlafen haben, denn genauso lange benötigt dein Körper um sich auszuruhen und Energie zu tanken. Früher eine Schlafunterbrechung einzulegen macht demnach wenig Sinn. Entweder stellst du dir einen Wecker oder aber du vertraust darauf, von alleine zum richtigen Zeitpunkt aufzuwachen. Begib dich danach unbedingt in einen anderen Raum. Zwar ist es durchaus möglich, außerkörperliche Erfahrungen im eigenen Schlafzimmer zu erleben, doch gerade zu Beginn ist es durchaus sinnvoll, dir einen anderen Ort dafür zu suchen, denn dein Unterbewusstsein ist von Geburt an darauf konditioniert im Bett einzuschlafen, was wir in diesem Fall tunlichst vermeiden wollen. Danach gilt es für die Dauer von zirka einer Stunde wachzubleiben. Experimentiere ruhig ein wenig damit herum, denn jeder Mensch ist individuell und tickt anders. Manche müssen lediglich eine halbe Stunde lang wach bleiben, andere wiederum ganze eineinhalb Stunden. Im Idealfall solltest du dich danach wach genug fühlen, aber auch nicht zu müde sein, denn der Erfolg deiner Schlafunterbrechung wird wesentlich davon abhängen, ob du das richtige Verhältnis zwischen Müdigkeit und Wachsein erreicht hast.

Doch womit die Zeit vertreiben? Für die Dauer deiner Schlafunterbrechung stehen dir mehrere Optionen zu Verfügung, ehe du dich wieder schlafen legst. Entweder nutzt du die Zeit, um zu meditieren, liest in einem Buch über außerkörperliche Erfahrungen oder blätterst in deinem Traumtagebuch. Gerne darfst du dir auch ein leeres Blatt Papier zur Hand nehmen, um es nochmals mit der Affirmation deiner Wahl (z.B. „Ich mache jetzt eine Astralreise und erinnere mich an alles") zu befüllen. Alles ist erlaubt, solange du dich dabei nicht zu sehr körperlich verausgabst. Ehe du dich wieder hinlegst, trink unbedingt ein Glas Wasser. Es wird deine Traumerinnerung nachhaltig steigern.

Lichtkörperaktivierung und Chakrenreinigung

Sobald sich deine Schlafunterbrechung zu Ende neigt, lege dich bequem hin und achte unbedingt darauf, dass du keine zu enge Kleidung trägst. Dunkle den Raum davor ausreichend ab und sorge dafür, dass dich in den nächsten Stunden nichts und niemand stören kann. Decke dich ausreichend zu, denn dir sollte weder zu kalt noch zu warm sein.

Sobald du dich bequem hingelegt hast (ob Bauch- Rücken-, oder Seitenlage bleibt dabei ganz dir überlassen), schließe deine Augen und atme drei Mal tief durch die Nase eine und durch den Mund wieder aus. Achte dabei unbedingt darauf, dass du dich, ab diesem

Zeitpunkt, nicht mehr bewegst, ganz gleich wie sehr du den Wunsch danach verspüren solltest. Dieser Punkt ist äußerst wichtig und wird unter Anderem darüber entscheiden, ob du mit deinem Vorhaben Erfolg haben wirst oder nicht.

Stelle dir im nächsten Schritt vor, wie sich langsam eine goldene Blume des Lebens um dich herum aufbaut. Sie darf dabei so groß oder klein sein, wie es sich für dich stimmig anfühlt. Lass dich von ihrem Licht vollkommen einhüllen und sprich nun, laut oder leise, folgenden Worte:

„Ich beanspruche meine Macht als spirituelles und geistiges Wesen und bitte nun Erzengel Michael in mein heiliges Energiefeld, um mir bei der Chakrenreinigung behilflich zu sein. Bitte reinige meine Chakren und fülle sie mit neuer lichtvoller Energie.“

Anschließend stelle dir vor, wie sich zwölf goldene Kugeln vom Scheitel bis zur Fußsohle abwärts aneinander reihen und durch jede Einzelne davon ein heller, reinigender Lichtstrahl fließt. Bist du bei der letzten angekommen, wirf unbedingt noch einmal einen kurzen Blick darauf, um zu kontrollieren, ob auch alle die gleiche Größe haben. Haben sie das nicht, dann pass sie dementsprechend aneinander an. Bitte nun abschließend noch einmal Erzengel Michael um Hilfe, indem du folgende Worte, laut oder leise, aussprichst:

„Umhülle meine Chakren und mich mit deinem Mantel aus bläulicher heilender Energie und aktiviere jetzt meinen Lichtkörper. Ich danke dir."

Möglicherweise kannst du dabei ein leichtes Kribbeln spüren, oder du fühlst, wie sich die Raumtemperatur um dich herum verändert.

Im nächsten Schritt wollen wir nun für eine gute Erdung sorgen. Stelle dir vor, wie sich ein heller Lichtstrahl in Lichtgeschwindigkeit hüftabwärts seinen Weg nach unten bahnt und sich tief in Mutter Erde verwurzelt. Spüre die feste Anbindung und den sicheren Halt, den du dadurch erhältst.

Als Nächstes mache dasselbe in die entgegengesetzte Richtung. Stelle dir vor, wie sich ein heller Lichtstrahl über deine Wirbelsäule hinauf seinen Weg nach oben bahnt und weit in den Himmel bzw. die geistige Welt aufsteigt, um sich dort zu verankern. Fühle den Lichtkanal, in dem du dich befindest und mache ihn so eng oder breit, wie es sich für dich gut und stimmig anfühlt.

Baue im nächsten Schritt abermals eine goldene Blume des Lebens um dich herum auf und mache sie so groß oder klein, wie es sich für dich gut anfühlt. Stelle dir anschließend vor, wie sich in deiner Brust ein helles, strahlendes Licht befindet, das sich mit jedem Einatmen weiter ausdehnt. Dabei wird es immer größer und nimmt zunehmend mehr Raum ein. Lasse das Licht dabei so groß werden, wie es für dich passt und gehe anschließend zum nächsten Schritt über. Wende dich nun an deinen Geistführer und sprich folgende Worte:

„Ich beanspruche meine Macht als spirituelles und geistiges Wesen und bitte nun meinen Geistführer in mein heiliges Energiefeld. Ich bitte dich darum, meine Aura auszudehnen, meine Chakren zu harmonisieren und meine Schwingung zu erhöhen."

Möglicherweise fühlst du ein leichtes Kribbeln oder du spürst, wie sich die Raumtemperatur um dich herum verändert. Bedanke dich bei deinem Geistführer und befasse dich nun mit deiner körperlichen Entspannung.

Absichtserklärung

Zähle in Gedanken von zehn abwärts und stelle dir dabei vor wie dein Körper mit jeder weiteren Zahl zunehmend entspannter wird. Bei Null angelangt solltest du dich in einem Zustand angenehmer körperlicher Entspannung befinden. Sollte das nicht der Fall sein, solltest du diese Übung noch einmal wiederholen.

Bist du dann soweit den nächsten Schritt zu tun, richte deine Gedanken auf folgende Affirmation und teile der geistigen Welt deine Absicht mit.

„Ich bitte die geistige Welt, meinen Geistführer, mein geistiges Team, meinen Schutzengel und sämtliche Wesenheiten, Engel und Ahnen, die mir zur Seite stehen, um ihre Hilfe und Unterstützung. Bitte weist mir den Weg, der richtig und gut für mich ist. Ich bitte euch darum, mir jetzt eine Astralreise zu ermöglichen. Bitte unterstützt mich dabei, mein Ziel zu erreichen und befähigt mich dazu, sämtliche Erinnerungen daran in mein Wachbewusstsein mitzunehmen. Ich danke euch.“

Idealerweise hast du es bis dahin geschafft munter zu bleiben und nicht einzuschlafen. Um deinem Ziel, einer Astralreise, ein Stück weit näher zu kommen, gilt es nun, dein Bewusstsein gezielt wach zu halten, während dein Körper allmählich einschläft. Welche Methode du dafür verwendest, bleibt ganz dir überlassen. Eine Möglichkeit wäre deine Aufmerksamkeit deiner Affirmation („Ich mache jetzt eine Astralreise und erinnere mich an alles.“) zuzuwenden und sie dir in Gedanken immer wieder vorzusagen. Auf diese Art und Weise bündelst du nicht nur deine Gedanken zu einer konkreten Absicht, du wirst dadurch zusätzlich deine Erinnerungsfähigkeit um einiges verstärken.

Ganz gleich welchen Weg du auch wählst, oberstes Ziel ist nicht einzuschlafen und deinen physischen Körper, komme was wolle, keinesfalls zu bewegen. Irgendwann wirst du an den Punkt gelangen, an dem sich eine angenehme Schwere oder Leichtigkeit über deinen gesamten Körper legen wird. Jetzt ist es absolut wesentlich, weiterhin den Fokus darauf zu halten, munter zu bleiben. Bist so einmal bis hierhin gekommen, hast du bereits die Hälfte des Weges hinter dich gebracht.

Um nicht doch noch einzuschlafen und deine Absicht zusätzlich zu intensivieren, kannst du gleichzeitig damit beginnen, dein Wunschziel zu visualisieren. Versuche auch hier möglichst alle deine Sinne einzusetzen. Wen möchtest du treffen? Wie sieht diese Person aus? Was werdet ihr tun? Worüber werdet ihr euch unterhalten? Wie wirst du dich dabei fühlen? Gehe unbedingt davon aus, dass deinem Wunsch unverzüglich Folge geleistet wird und es könnte durchaus passieren, dass du einen Augenblick später entweder in einem luziden Traum oder direkt im Schwingungszustand landest.

Sollte dem nicht so sein, so darfst du ruhig einschlafen, denn sobald du das nächste Mal wach wirst, wird sich dir eine weitere Gelegenheit dazu bieten eine außerkörperliche Erfahrung einzuleiten.

Anika Schäller

Anika Schäller ist Medium, Autorin, Oneironautin, spirituelle Begleiterin sowie Kundschafterin zwischen den Welten. Sie begleitet, unterstützt und berät Menschen auf ihrem persönlichen Weg der Bewusstseinswerdung.

Getreu dem Motto „Der Tod ist pure Illusion" liefert sie in ihren zahlreichen persönlichen Berichten auf eindrucksvolle Art und Weise Einblicke in das Jenseits und die allseits präsente, unendliche Liebe der geistigen Welt.

Anika Schäller

IM HIMMEL GIBT ES ERDBEEREN

Über den Verlust meiner Tochter und das Wunder,

ihr wieder begegnet zu sein.

KANN EINE MUTTER DEN TOD IHRES KINDES ÜBERLEBEN?

Luna ist ein kleiner fröhlicher Wirbelwind. Mit ihrem herzlichen, unbekümmerten Wesen bringt sie ihre Patchworkfamilie näher zusammen. Plötzlich stirbt das Mädchen unter unerklärlichen Umständen. Nach Lunas Tod versinkt ihre Mutter in eine tiefe Traurigkeit, unfähig, sich um sich selbst und die restlichen Familienmitglieder zu kümmern. Am Grab ihrer Tochter gibt sie ein fürchterliches Versprechen ab. Als auch noch der Rest der Familie zu zerbrechen droht, erhält sie plötzlich eine Botschaft Hin-und hergerissen zwischen dem Gedanken, verrückt zu werden, und der Hoffnung, tatsächlich eine Botschaft von ihrer Tochter erhalten zu haben, muss sie sich schlussendlich ihrer persönlichen Wahrheit stellen Luna hat sie niemals verlassen und auf wundersame Weise einen Weg gefunden, sich ihrer Mutter mitzuteilen.

ISBN: 978-3-903190-39-9, Hardcover, 232 Seiten, Verlag am Rande

Anika Schäller

ICH BIN DA, WO DU IMMER WARST

Lediglich an ein Leben nach dem Tod zu glauben, darauf zu hoffen, war mir niemals genug. Du weißt erst, wie sich der Tod anfühlt, wenn du ihn selbst erlebt hast. (Anika Schäller)

Wer weiß, was nach dem Tod passiert?

Diejenigen, die dort leben, diejenigen, die sie besucht haben und diejenigen, die gestorben sind und zurückkommen.

Bereits als Kind beschäftigt sich Anika Schäller mit dem Übersinnlichen. Doch erst durch den plötzlichen und unerwarteten Tod ihrer zweijährigen Tochter Luna öffnet sich für die Psychologin und Buchautorin das Tor zur geistigen Welt. Für Anika steht fest: Sie muss einen Weg finden, mit ihrer Tochter in Verbindung zu treten. Knapp neun Monate später erlebt sie – ausgerechnet am Weihnachtsabend – ihre erste außerkörperliche Erfahrung die sie zu einer wundersamen Begegnung mit Luna führt.

Zutiefst berührend und inspirierend.

ISBN: 978-390325-940-9, Hardcover, 192 Seiten, Verlag am Sipbach

Anika Schäller

EINE BADEWANNE VOLL SCHOKOLADE

Lena entdeckt den Himmel

Als hätte Lena nicht schon genug mit ihrem verliebten Bruder Paul um die Ohren, taucht eines Nachts auch noch Sui auf und behauptet doch tatsächlich, ihr Schutzengel zu sein. Was die Urli-Oma mit alledem zu tun hat, was Lena und Sui gemeinsam unternehmen und weshalb Halunken und Giftnudeln in Lenas Himmel absolut nichts verloren haben, steht in diesem weisen und humorvollen Buch. Im Buch sind 33 Illustrationen der Autorin, die dazu einladen, von den Kindern ausgemalt zu werden. Dafür ist dem Buch ein regenbogenfarbiger Buntstift beigepackt. Die Geschichte eignet sich für Kinder ab 8 Jahren zum Selberlesen und natürlich besonders hervorragend dafür, vorgelesen zu werden.

ISBN: 978-39031-9041-2, Hardcover, 88 Seiten, Verlag am Rande